Pour
Yannick
-
Antonio
Lapone

Gentlemind

Episode 1

Scénario
Juan Díaz Canales et Teresa Valero

Dessin et couleur
Antonio Lapone

DARGAUD
PARIS BARCELONE BRUXELLES HONG KONG LAUSANNE LONDRES MONTREAL NEW YORK SHANGHAI

Aux femmes et aux hommes créateurs de fiction.

Grâce à leurs mots et à leurs images,
nous voyons à chaque fois le monde avec des yeux neufs.

Juan Díaz Canales, Teresa Valero et Antonio Lapone

KLYN, 1939
UNE LIGNE. UNE SEULE.
DOUCE, FLUIDE...
... ININTERROMPUE.
DU DÉBUT À LA FIN.
COMMENT PEUX-TU DESSINER DANS LE NOIR, ARCH ?

CHHHT...
JE NE SUIS PAS DANS LE NOIR, **NAVIT**.
COMICS
MOVIE
RADIO
FUN
Esquire
Vogue
MODE

FUN
Life
POST
JE SUIS ILLUMINÉ.
Park

SOUVIENS-TOI... LE READER'S DIGEST À DIX HEURES. LE NEW YORKER À MIDI. ET LIFE ?
SI ÇA NE MARCHE PAS AUJOURD'HUI, J'ARRÊTERAI DE DESSINER, NAVIT. JE CHERCHERAI UN TRAVAIL ET NOUS MANGERONS DE LA VIANDE TOUS LES JOURS.
LIFE À CINQ HEURES. CE SOIR NOUS FÊTERONS ÇA AVEC UNE BOUTEILLE DE VIN.
COMMENT VAS-TU LA PAYER ?
OCCUPE-TOI DE TES AFFAIRES, ARCH PARKER.
NAVIT, FILLE D'ISAAC. TU AS LAISSÉ LES TIENS POUR DEVENIR LA CATIN DES PAÏENS ? TU ES LA HONTE DE TA FAMILLE !
DE QUELLE FAMILLE, RABBIN ? DE MON IVROGNE DE PÈRE ?
À QUOI SERS-TU, NAVIT ? TU NE VAUX RIEN. UN JOUR TU NE SERAS PLUS JEUNE ET LES HOMMES TE REPOUSSERONT... QUE SERAS-TU ALORS ?
LOU, TU ME DONNES UN VIN QUI NE SOIT PAS DE LA PIQUETTE ?
JE PEUX VOIR L'ARGENT ?
TRÈS DRÔLE. QU'EST-CE QUE TU ACCEPTES À LA PLACE ?
QU'EST-CE QUE TU DONNERAIS, TOI ?

VOUS CHERCHEZ QUELQUE CHOSE EN PARTICULIER ?
N'IMPORTE LAQUELLE DE CES REVUES POURRAIT M'ALLER.
MAIS JE LES AI DÉJÀ TOUTES VUES. ET AUCUNE N'EST POUR MOI.
ET CELLE-CI ? CINQUANTE FILLES POUR VINGT-CINQ CENTS !
JE N'AI PAS D'ARGENT. JE SUIS DESSINATEUR.
OH, GARDEZ-LA. PERSONNE NE LA VEUT DE TOUTE FAÇON.
QUI L'ÉDITE ? ILS ONT UN BUREAU À NEW YORK ?
LE PATRON EST CE MILLIARDAIRE, **H.W. POWELL**...
VOUS SAVEZ, CELUI D'OKLAHOMA QUI SAVAIT QUE L'ACIER SERAIT LE FUTUR.
ET S'IL EXISTE UN BUREAU, À MON AVIS, C'EST CET ENDROIT. LE VIEUX N'EN SORT JAMAIS.
POWELL Folies
LES CHIFFRES SONT TERRIBLES, MONSIEUR, ET...
EH BIEN, FAIS QUELQUE CHOSE, **WYLER**. C'EST TOI LE DIRECTEUR.
NOUS CONSACRONS TROP DE PAGES À LA PROMOTION DE VOS... DE CES **DEMOISELLES.** MONSIEUR, CELA N'INTÉRESSE PAS.
MOI, ÇA M'INTÉRESSE, WYLER.
SOUVIENS-TOI : C'EST MOI QUI CASQUE ET TOI QUI ENCAISSES. TANT QUE ÇA ME PLAIRA COMME ÇA, TU N'AS PAS À TE FAIRE DE SOUCI.
ALLEZ ! TIREZ-VOUS. VOUS ME DÉPRIMEZ.
MONSIEUR POWELL ! S'IL VOUS PLAÎT ! JE NE VOUS DEMANDE QU'UNE MINUTE.
MAIS QUI ÊTES-VOUS ?

JE SUIS ILLUSTRATEUR DE PRESSE. SI VOUS VOULIEZ BIEN...
NOUS AVONS DÉJÀ DES DESSINATEURS.
JE FERAI N'IMPORTE QUOI. CE QUE VOUS VOUDREZ. J'AI BESOIN DE TRAVAILLER.
REGARDEZ MES DESSINS. JE VOUS EN PRIE.
JE REGRETTE.
UN INSTANT.
QUI EST-CE ? ELLE CHANTE OU ELLE DANSE ? ELLE POURRAIT FAIRE CARRIÈRE CHEZ MOI.
CE N'EST PERSONNE.
PRÉSENTE-LA-MOI ET TU AS DU BOULOT.
JE VOUS DIS QUE **CE N'EST PERSONNE.**
ALLEZ, NE FAIS PAS CETTE TÊTE. JE NE VAIS PAS TE L'ENLEVER.
JE GARDE LE DESSIN. JE TE LE RENDRAI QUAND TU ME LA PRÉSENTERAS.
ALORS, DIS-MOI, ARCH PARKER...
NOUS AVONS QUELQUE CHOSE À CÉLÉBRER ?

POWELL
POWELL Folies
CE SERA TA TABLE.
LA REVUE ASSURE LES DÉPENSES DE MATÉRIEL MAIS JE NE TOLÈRE PAS QU'ON LE GASPILLE. COMPRIS ?
COMPRIS. QU'EST-CE QUE JE VAIS DESSINER ?
PAS DES FILLES. LES FILLES, C'EST L'AFFAIRE DE MOSKY. COMPRIS ?
COMPRIS.
JE PEUX DESSINER N'IMPORTE QUOI D'AUTRE. SI VOUS VOULEZ VOIR MON TRAVAIL.
RAVALE TA DIGNITÉ, MON GARÇON. NOUS SAVONS TOUS LES DEUX POURQUOI TU ES ICI.
NOUS TROUVERONS BIEN QUELQUE CHOSE POUR QUE TU NE T'EMBÊTES PAS.

·THE·TRUE·ADMINISTRATION·OF·JUSTICE·IS·THE·FIRMEST·PILLAR·OF·GOOD·GOVERNMENT·
NEW YORK CITY, 1940
PERDOMO CONTRE LA CANASTA SUGAR COMPANY CORPORATION. AUDIENCE PRÉSIDÉE PAR L'HONORABLE JUGE JEFFERSON...
LA DÉFENSE VA PRÉSENTER MAINTENANT SA PLAIDOIRIE FINALE ?
UEEEERK !
UEEEERK
DANS UN INSTANT, VOTRE HONNEUR. **MONSIEUR TRIGO** S'EST SUBITEMENT SENTI MAL...
AH, LE VOILÀ ! **IL ARRIVE** !
EXCUSEZ-MOI, VOTRE HONNEUR, MESSIEURS ET MESDAMES LES JURÉS...
... MONSIEUR PERDOMO. JE SUIS DÉSOLÉ.
CROYEZ QUE LA COMPAGNIE QUE JE REPRÉSENTE AINSI QUE MOI-MÊME REGRETTONS SINCÈREMENT VOTRE ACCIDENT. CEPENDANT...
C'EST MAINTENANT QU'IL LE MET EN PIÈCES.
... EST-IL JUSTE, MONSIEUR PERDOMO...
... DE RENDRE LA COMPAGNIE **COUPABLE** D'UN MALHEUR CAUSÉ PAR VOTRE PROPRE NÉGLIGENCE ?
EST-IL JUSTE DE **MORDRE LA MAIN...** DE CEUX QUI VOUS ONT ACCUEILLI DANS CE PAYS DE LIBERTÉ ?
EST-IL JUSTE, MESSIEURS LES JURÉS, QUE LA CUPIDITÉ, LE RESSENTIMENT ET LA FAUSSETÉ DE CET HOMME...
... METTENT EN PÉRIL LE PROGRÈS DE TOUTE LA COMMUNAUTÉ DONT VOUS-MÊMES ET VOS ENFANTS FAITES PARTIE ?

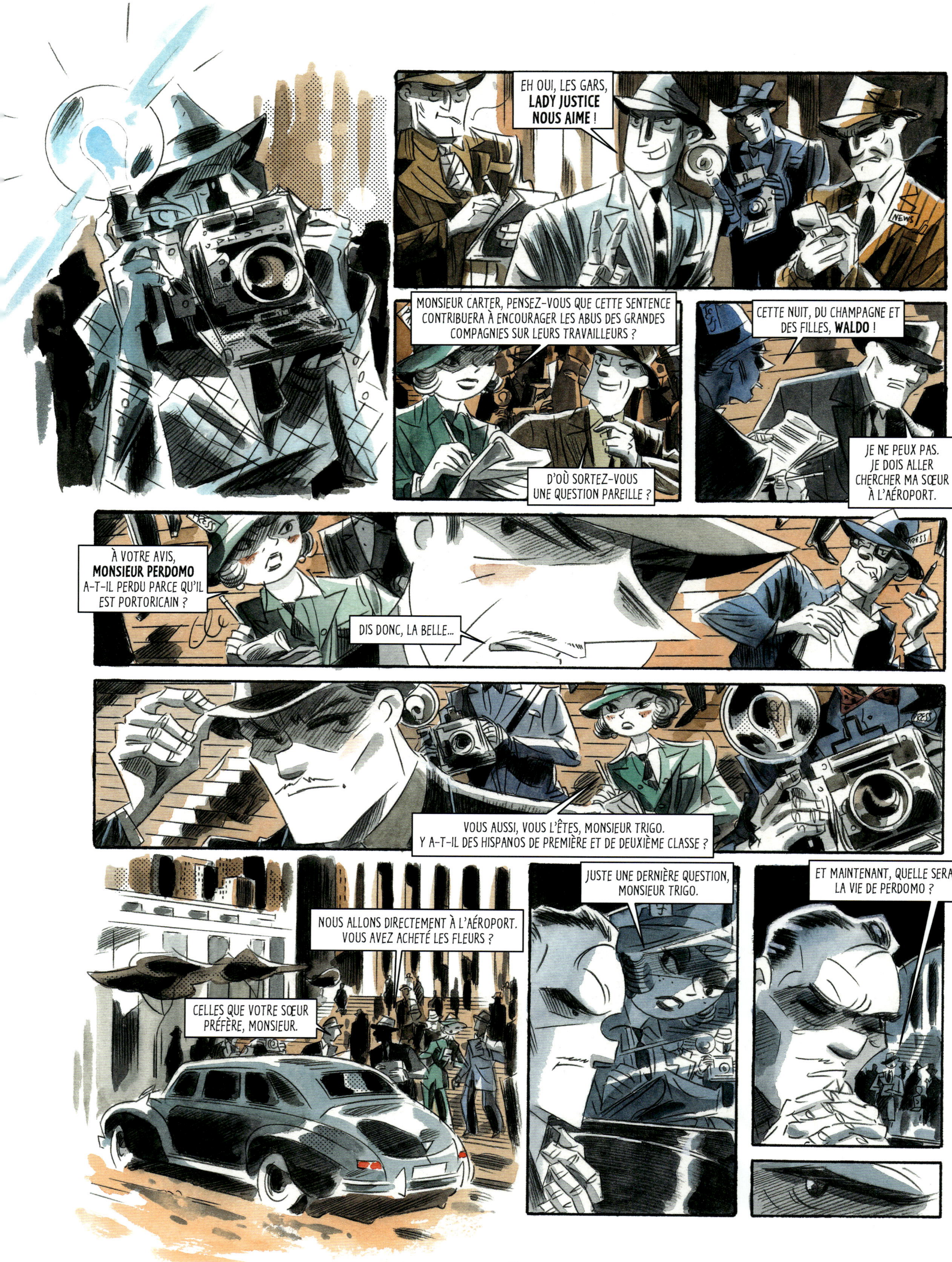

EH OUI, LES GARS, **LADY JUSTICE NOUS AIME** !
NEWS
MONSIEUR CARTER, PENSEZ-VOUS QUE CETTE SENTENCE CONTRIBUERA À ENCOURAGER LES ABUS DES GRANDES COMPAGNIES SUR LEURS TRAVAILLEURS ?
D'OÙ SORTEZ-VOUS UNE QUESTION PAREILLE ?
CETTE NUIT, DU CHAMPAGNE ET DES FILLES, **WALDO** !
JE NE PEUX PAS. JE DOIS ALLER CHERCHER MA SŒUR À L'AÉROPORT.
PRESS
À VOTRE AVIS, **MONSIEUR PERDOMO** A-T-IL PERDU PARCE QU'IL EST PORTORICAIN ?
DIS DONC, LA BELLE...
PRESS
PRESS
VOUS AUSSI, VOUS L'ÊTES, MONSIEUR TRIGO. Y A-T-IL DES HISPANOS DE PREMIÈRE ET DE DEUXIÈME CLASSE ?
NOUS ALLONS DIRECTEMENT À L'AÉROPORT. VOUS AVEZ ACHETÉ LES FLEURS ?
CELLES QUE VOTRE SŒUR PRÉFÈRE, MONSIEUR.
JUSTE UNE DERNIÈRE QUESTION, MONSIEUR TRIGO.
ET MAINTENANT, QUELLE SERA LA VIE DE PERDOMO ?

Liberty
LIFE
VOGUE
Radio Star
MODE
Love
GENTLEMIND
THE MAGAZINE
Koda
"L'HOMME MARRON"
de Gerald Fitzway
"L'homme marron ne perdait pas l'espoir qu'un jour cette couleur recouvre entièrement son monde."
"Tous les matins il s'habillait en marron. Il mettait ses chaussures marron et buvait son café en sentant avec soulagement son cœur prendre cette teinte dépassionnée."
TWA
NYC
"C'était alors. quand il se sentait totalement sûr de lui. que les mots apparaissaient. Il en suffisait d'un. précis. au moment adéquat. pour que tout vole dans les airs."
"Et les mots étaient partout. Ils étaient surtout dans sa tête. Il en savait trop. Il savait plus de mots que n'importe qui."
"Mais il n'en avait jamais rien fait de bon."

AH, FRANGIN. TOUJOURS EN TRAIN DE LIRE.
NOVEMBER
For Your
TWA
TU ES TRISTE ?
COMMENT MAMAN T'A-T-ELLE LAISSÉ FAIRE ÇA À TES CHEVEUX ?
OUF. DES LIVRES, DES LIVRES... QUAND J'AURAI MON PROPRE APPARTEMENT...
LES ENFANTS D'OSMUNDO TRIGO VIVENT À LA RÉSIDENCE TRIGO, SUR PARK AVENUE. PAPA N'A PAS ÉTÉ CLAIR AVEC TOI LÀ-DESSUS ?
IL N'A PAS DE RAISON D'ÊTRE AU COURANT.
ÇA DÉPEND. TU VAS ME RACONTER CE QUI S'EST PASSÉ ?

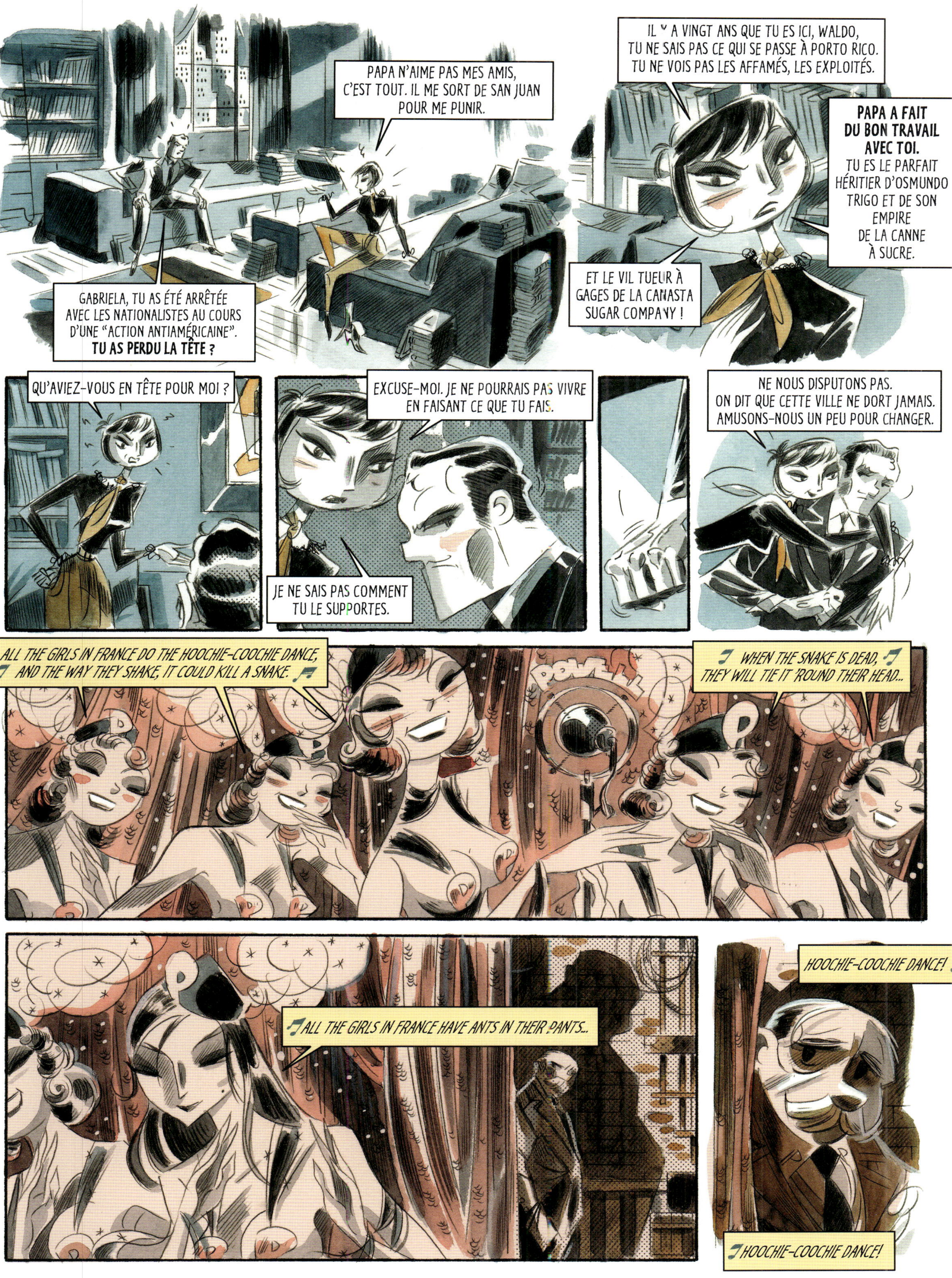
PAPA N'AIME PAS MES AMIS, C'EST TOUT. IL ME SORT DE SAN JUAN POUR ME PUNIR.
GABRIELA, TU AS ÉTÉ ARRÊTÉE AVEC LES NATIONALISTES AU COURS D'UNE "ACTION ANTIAMÉRICAINE". **TU AS PERDU LA TÊTE ?**
IL Y A VINGT ANS QUE TU ES ICI, WALDO, TU NE SAIS PAS CE QUI SE PASSE À PORTO RICO. TU NE VOIS PAS LES AFFAMÉS, LES EXPLOITÉS.
PAPA A FAIT DU BON TRAVAIL AVEC TOI. TU ES LE PARFAIT HÉRITIER D'OSMUNDO TRIGO ET DE SON EMPIRE DE LA CANNE À SUCRE.
ET LE VIL TUEUR À GAGES DE LA CANASTA SUGAR COMPANY !
QU'AVIEZ-VOUS EN TÊTE POUR MOI ?
EXCUSE-MOI. JE NE POURRAIS PAS VIVRE EN FAISANT CE QUE TU FAIS.
JE NE SAIS PAS COMMENT TU LE SUPPORTES.
NE NOUS DISPUTONS PAS. ON DIT QUE CETTE VILLE NE DORT JAMAIS. AMUSONS-NOUS UN PEU POUR CHANGER.
ALL THE GIRLS IN FRANCE DO THE HOOCHIE-COOCHIE DANCE, AND THE WAY THEY SHAKE, IT COULD KILL A SNAKE.
WHEN THE SNAKE IS DEAD, THEY WILL TIE IT 'ROUND THEIR HEAD...
ALL THE GIRLS IN FRANCE HAVE ANTS IN THEIR PANTS...
HOOCHIE-COOCHIE DANCE!
HOOCHIE-COOCHIE DANCE!

FOLL
NAVIT. DÎNE AVEC MOI CE SOIR.
GIRLS! GIRLS! GIRLS!
BIEN SÛR, MONSIEUR POWELL.
The NAVTILVS
VOUS ET MOI TOUT SEULS ? ÇA ALORS, ON PEUT DIRE QUE C'EST NOUVEAU.
JE VEUX QUE LA PROCHAINE SAISON, TU SOIS LA TÊTE D'AFFICHE DES FOLLIES.
NAVIT ?
MERCI, MONSIEUR POWELL.
PAS COMME ÇA. TU ME FAIS ME SENTIR VIEUX ET PITOYABLE. COMMENT TU L'EMBRASSES, LUI ?

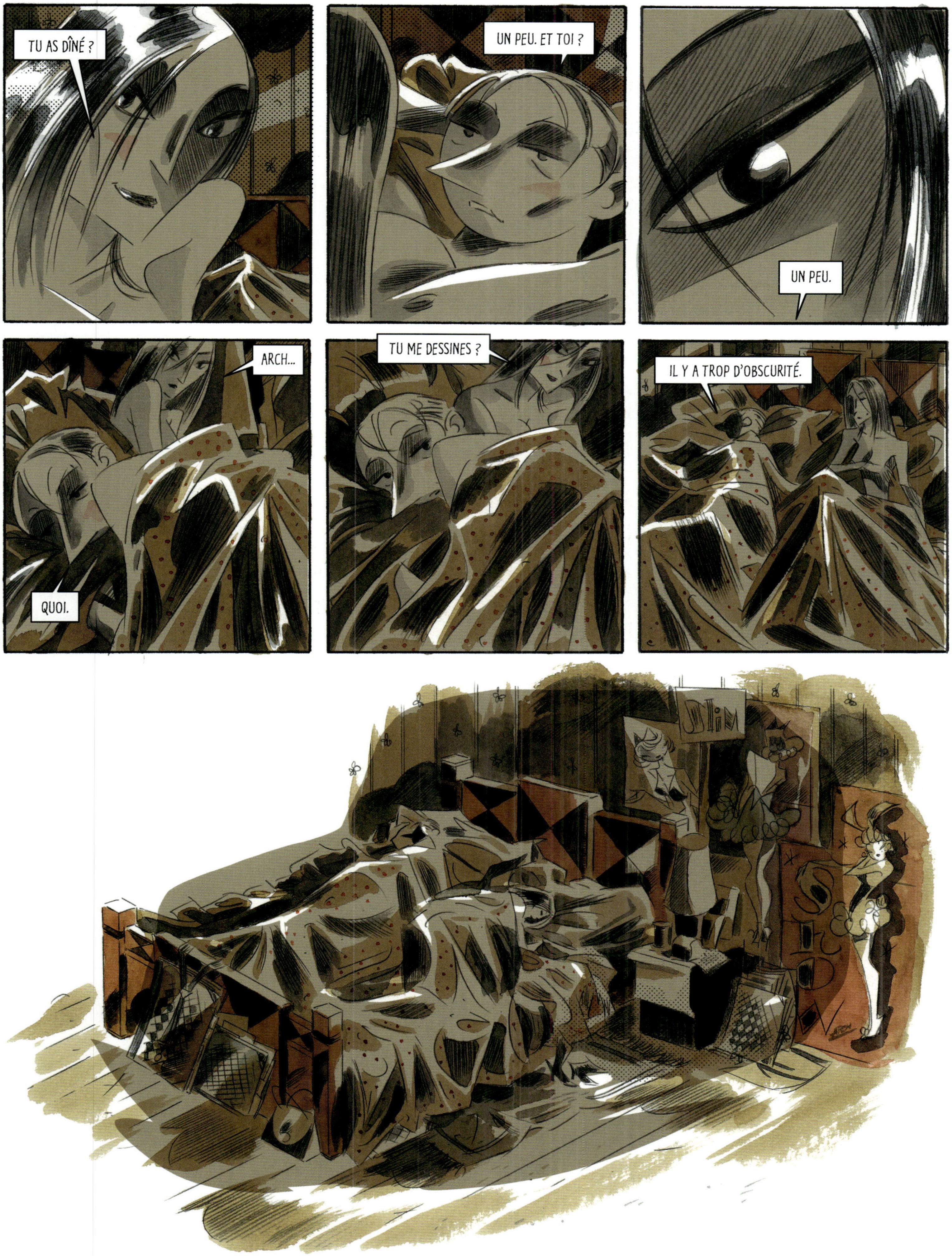
TU AS DÎNÉ ?
UN PEU. ET TOI ?
UN PEU.
ARCH...
QUOI.
TU ME DESSINES ?
IL Y A TROP D'OBSCURITÉ.

NEW YORK, 1942
Gina
Majolie
★ 2ÈME SAISON DE SUCCÈS! ★
POWELL FOLLIES

TAXI !
... ET CE QUI M'EFFRAIE, MESDAMES ET MESSIEURS LES JURÉS, C'EST QUE NOUS NE SACHIONS PAS FAIRE LA DIFFÉRENCE ENTRE RENDRE LA JUSTICE...
... ET CÉDER AUX PRESSIONS DE LA TOUTE-PUISSANTE CANASTA SUGAR COMPANY.
TU AS LE TEMPS DE DÉJEUNER ?
SI LES AVOCATS SONT BREFS...
DE QUELLE AFFAIRE S'AGIT-IL ?
LA CANASTA SUGAR COMPANY À NOUVEAU. ILS SONT ARRIVÉS À EXPROPRIER DES TERRAINS POUR ÉTENDRE LEURS INSTALLATIONS PORTUAIRES.
CE MALHEUREUX AVAIT SA MAISON LÀ-BAS. C'ÉTAIT UNE MISÉRABLE CABANE, MAIS IL NE VOULAIT PAS LA QUITTER.
LA CANASTA A ENVOYÉ DEUX EMPLOYÉS LE SORTIR DE LÀ. LUI, IL A TIRÉ. C'EST UN DÉFICIENT MENTAL, ALORS LE PROCUREUR DEMANDE LA PERPÉTUITÉ.
... MAIS ILS NE LÂCHERONT PAS TANT QU'ILS NE L'AURONT PAS ASSIS SUR LA CHAISE.
OÙ DIABLE EST WALDO ?

UEEEERK !
UEEEERK !
REGARDEZ CET HOMME QUE VOUS ÊTES SUR LE POINT DE SACRIFIER À LA VORACITÉ DE LA CANASTA ET DEMANDEZ-VOUS...
... SI CE QUE VOUS ALLEZ FAIRE DE LUI A QUELQUE CHOSE À VOIR AVEC LA...
... JUSTICE.
C'EST TOUT, VOTRE HONNEUR.
VOUS AVEZ LA PAROLE, MONSIEUR TRIGO.
JE SUIS MALADE.
NOUS DEMANDONS UNE SUSPENSION, VOTRE HONNEUR !
TAISEZ-VOUS. JE VEUX PARLER.
J'AI TOURNÉ ET RETOURNÉ CE CAS DANS MA TÊTE, JE NE PEUX PAS L'EN CHASSER.
DEUX HOMMES SONT MORTS EN ACCOMPLISSANT CE QU'ON ATTENDAIT D'EUX...
ET QU'ATTENDAIT-ON D'EUX ?
QU'ILS FASSENT APPLIQUER LA LOI.
NOUS ADMETTONS QUE LA LOI EST L'EXPRESSION LA PLUS HAUTE DE LA JUSTICE MAIS...
... LA DÉCISION QUE LES DÉFUNTS DEVAIENT EXÉCUTER ÉTAIT UNE ATTEINTE LICITE AUX DROITS DE CET HOMME.
LA LOI ET LA JUSTICE NE COÏNCIDENT PAS TOUJOURS.
QU'EST-CE QUE TU RACONTES ? TU ES DEVENU FOU ?
JE LE SAIS PARCE QUE JE CONNAIS LA LOI.

C'EST CE QU'ON ATTEND DE MOI. JE SAIS LA DISTORDRE ET LA DÉFORMER. JE SAIS COMMENT L'UTILISER POUR OBTENIR N'IMPORTE QUOI. COMME L'ORDRE D'ARRACHER UN HOMME DE SA MAISON SANS LA MOINDRE COMPENSATION.
C'EST CE QU'ON ATTEND DE MOI !
QU'ESPÉRIONS-NOUS DE CET HOMME ? AUTRE CHOSE QUE CE QU'IL A FAIT ? ET POURTANT IL EST ASSIS ICI, À ATTENDRE QUE JE TROUVE LES ARGUMENTS QUI LE CONDUIRONT À LA MORT. MAIS JE N'EN TROUVE QUE POUR M'ASSEOIR À SES CÔTÉS...
NOTRE COLLÈGUE EST PERTURBÉ VOTRE HONNEUR ! **NOUS DEMANDONS UN REPORT !**
JE SUIS AUTANT COUPABLE QUE LUI ! ET MAINTENANT, DITES-MOI, QUI, PARMI VOUS, SE SENT EN DROIT DE ME CONDAMNER À MORT ?
IL N'EXISTE PAS D'HOMME ASSEZ INTÈGRE POUR POUVOIR TUER SANS SE TRANSFORMER EN CRIMINEL, NI DE SOCIÉTÉ ASSEZ PURE POUR NE PAS DEVENIR INFÂME EN ARRACHANT UNE VIE !!
RÉFLÉCHISSEZ-Y, MESDAMES ET MESSIEURS. **ET FAITES CE QUE VOUS DEVEZ FAIRE ET NON CE QU'ON ATTEND DE VOUS.**

I WANT YOU!
PLANTERS
PEANUTS
ORANGE
ATLANTIC BATHS
HAMBURGERS
BEER
SHOOT
Yes
TU NE VEUX PAS MANGER ?
NON.
ET PARLER ?
JE PENSAIS À CET AVOCAT.
JE L'AI SOUVENT VU À L'ŒUVRE, DÉTRUIRE TOUT CE QUI ÉTAIT CONTRAIRE AUX INTÉRÊTS DE SA COMPAGNIE. IL ÉTAIT RUSÉ, ÉBLOUISSANT, MAIS... JUSQU'À AUJOURD'HUI, IL NE M'AVAIT JAMAIS PARU HUMAIN. JE REGRETTE DE NE PAS L'AVOIR DESSINÉ. J'AURAIS CAPTÉ L'IMAGE DE LA DIGNITÉ.
SA DIGNITÉ NE LE NOURRIRA PAS QUAND IL AURA FAIM.
C'EST VRAI, MAIS AU MOINS IL N'AURA PLUS DE POIDS SUR L'ESTOMAC.
DIGNITÉ, HONNEUR, MORALE... DES MOTS POUR SATISFAIRE LES MISÉRABLES.
ET LEUR FAIRE CROIRE QUE LA PAUVRETÉ EST FINALEMENT ACCEPTABLE, PRESQUE UN CADEAU DE LA VIE.
JE NE PEUX PAS CONTINUER, NAVIT.
IL SE FATIGUERA DE MOI.
ÇA N'A PLUS D'IMPORTANCE. JE NE PEUX PAS.
MAIS TU M'AIMES.
OUI !
ET J'AI AUSSI ENVIE DE TE TUER DE MES PROPRES MAINS !
TU NE LE VOIS PAS ? JE SUIS MALADE, COMME CET AVOCAT...
UNE PHOTO EN AMOUREUX ?

This Coney Island
BEER 5¢
LK
PHOTO
Photos
TAKE YOUR OWN PHOTO 20¢
UNE PHOTO, HEIN ? EN SOUVENIR DE COMMENT VOUS VOUS AIMEZ. C'EST SEULEMENT QUELQUES CENTS. POUR UN DÎNER CHAUD.
JOSEPH ! CESSE DONC D'EMBÊTER LES GENS !
OK, MAMAN !
NE LUI EN VEUILLEZ PAS, IL ESSAIE D'AIDER MAIS...
TIREZ LA PHOTO.
OH ! MERCI. SOURIEZ !
ÇA Y EST.
JE DOIS Y ALLER, AUJOURD'HUI, NOUS RÉPÉTONS AVEC UN NOUVEAU PIANISTE.
À TOUT À L'HEURE.
ADIEU.

STOP WAR!
VOS PHOTOS SONT VRAIMENT BONNES.
MERCI. VOUS POURREZ VENIR CHERCHER LA VÔTRE DANS TROIS JOURS, CE N'EST PAS LA PEINE DE LA PAYER MAINTENANT.
JE PARS DEMAIN POUR L'EUROPE.
VOUS ÊTES SOLDAT ?
DESSINATEUR.
MOI, J'EN VIENS. C'EST TERRIBLE CE QU'IL SE PASSE LÀ-BAS.
JE SAIS.
NON. VOUS NE SAVEZ PAS.
JE TE DÉGOÛTE, NAVIT ?
NON, MONSIEUR.
TU M'AIMES POURTANT?
VOTRE COMPAGNIE M'EST AGRÉABLE. MAIS JE NE VOUS AIME PAS, MONSIEUR.
EH BIEN MOI JE SUIS TOMBÉ AMOUREUX DE TOI COMME UN JOUVENCEAU. TU CROIS QUE TU POURRAIS ARRIVER À M'AIMER ?
... QUE TU POURRAIS TE SOUCIER DE MON SOMMEIL ? TE DEMANDER SI JE SUIS HEUREUX OU NON ?
OUI, JE POURRAIS.
SI ARCH PARKER N'EXISTAIT PAS.

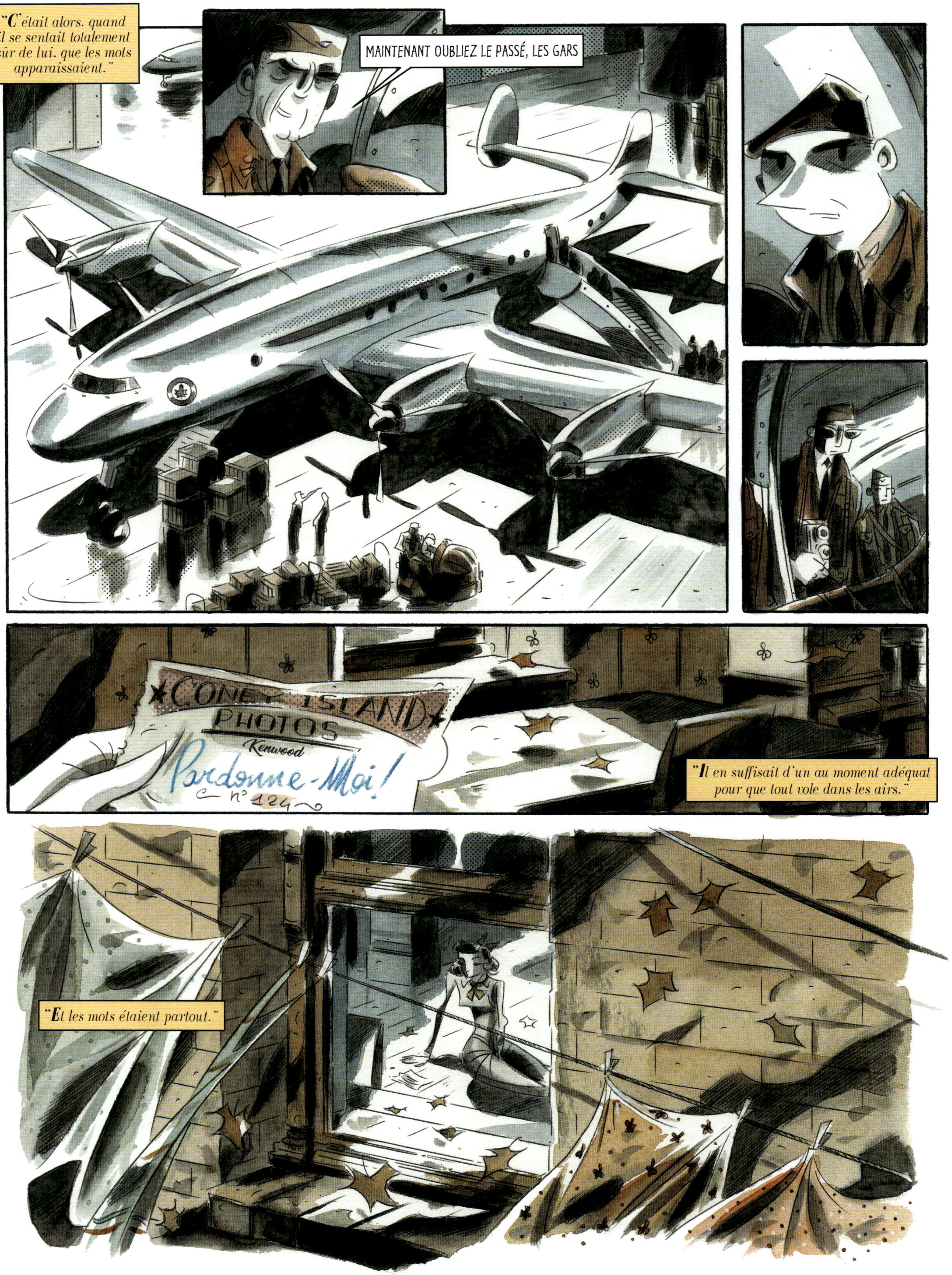
"C'était alors, quand il se sentait totalement sûr de lui, que les mots apparaissaient."
MAINTENANT OUBLIEZ LE PASSÉ, LES GARS
CONE ISLAND
PHOTOS
Kenwood
Pardonne-Moi!
n° 124
"Il en suffisait d'un au moment adéquat pour que tout vole dans les airs."
"Et les mots étaient partout."

"Ils étaient surtout dans sa tête."
RIIIIING!
RIIIIING!
RIIIIING!
RIIIIING!
WALDO !
ALLEZ, OUVRE ! PAPA A ENCORE APPELÉ !
JE NE SAIS PLUS QUOI LUI DIRE...
"Il en connaissait trop. Il savait plus de mots que n'importe qui. Mais il n'en avait jamais rien fait de bon."
EN PLUS, IL Y A ICI UN HOMME DE LA COMPAGNIE QUI INSISTE POUR TE PARLER ! TU NE COMPTES PAS SORTIR ?
RIIIIIIIIIIIING!
RIIIIIIIING!
RIIIIIIIING!
RIIIIIIIIIING!
WALDO !!
RIIIIIING!
"JAMAIS."
RIIIIIING!
"Jusqu'à ce jour."

WAR!
YANK!
REPORTAGE WAR in FORTRESS EUROPE
illustrated by The Great ARCH PARKER!
ONLY 10¢
PHOTOPLAY
IMAGES INEDITES DE LA LIAISON LA PLUS SCANDALEUSE DE L'EPOQUE!
POWELL + MAJOLIE
MECCANO MAGAZINE
ON THE MOON!
POPULAR MECHANIC MAGAZINE
WAR
in EUROPE
5¢
BAZAAR
GINA MAJOLIE
Love and Money
POWELL FOLIES!
LOOK
PREMIER MOIS D'AMOUR ENTRE LE MILIARDAIRE ET LA CHORISTE
moby
5¢
HIT PARADER
3¢
Esquire
THE MAGAZINE FOR MEN
Birds Watching
FICTION · SPORTS · HUMOR
CLOTHES · ART · CARTOONS
AMERICAINS AT... WAR

LIFE
LUXE ET
DILAPIDATION
IN
NEW YORK
Colliers
5¢
NATIONAL WEEKLY
LA
BELLE ET
LE
MILLIARDAIRE
COMICS
10¢
The
American
WAR and
The
AMERICAN
Girl
5¢
THE
NEW YORKER
arts &
ART IN
wonder woman
SENSATION
COMICS
SEE
HOLLYWOOD VICTORY CARAVAN
BUY
WAR
BONDS
AT THE
POWELL
Theatre
ONLY
3¢
TV
GUIDE
ACTION
COMICS
10
THE
HUMAN
TORCH

ÉTÉ 1942
RUN ADOLF, RUN, RUN, RUN, NOW THAT THE FUN HAS BEGUN, GUN, GUN;
LET'S ALL FIGHT
BUY WAR BONDS
P'RAPS YOU'LL JUST ALLOW US TO EXPLAIN, WHAT WE DID ONCE, WE CAN DO AGAIN.
BUY WAR BONDS!
BUY
FÉLICITATIONS, HORACE, VIEUX BOUGRE ! ET FÉLICITATIONS À VOUS AUSSI, MADAME POWELL !
OH, CRAWFORD. J'AI CRU QUE C'ÉTAIT MOI QUE TU FÉLICITAIS DE M'ÊTRE LIBÉRÉE.
MOI AUSSI, JE SUIS MADAME POWELL... CHANGER DE NOM APRÈS UN DIVORCE COMPLIQUE BEAUCOUP LA VIE SOCIALE.
NE GÂCHE PAS LA FÊTE, MARGARET.
BIEN SÛR, CHÉRI. EMMÈNE-LA DORMIR TÔT.
CE VIEUX PORC... EXHIBER SA GRUE DE CETTE MANIÈRE.
QUELQU'UN DEVRAIT REMETTRE CETTE POUFIASSE À SA PLACE.
PAUVRE MARGARET !
OH, LES FILLES... VOUS ÊTES GRANDES ET PETITES, MAIGRES ET GROSSES, JEUNES ET VIEILLES, LE TYPE DE FILLES QUI ME REND FOU.
TOUS LES TROIS, NOUS FORMONS LE COUPLE IDÉAL, NOUS AVONS LA BEAUTÉ, LE CHARME... L'ARGENT ?
CETTE CHARMANTE DAME VA NOUS DIRE QUOI FAIRE À SON SUJET !
J'AVAIS PRÉPARÉ UN DISCOURS POUR VOUS PERSUADER D'INVESTIR TOUS VOS FONDS EN BONS DE GUERRE MAIS...
... REGARDEZ-MOI, ENTOURÉE DE TOUTES CES BEAUTÉS. QUI POURRAIS-JE BIEN SÉDUIRE ?
QUELLE FEMME INTELLIGENTE !
À LA PLACE, JE CÉDERAI LA PAROLE À LA CHARMANTE FEMME DE H.W. POWELL, QUI A ACCEPTÉ DE PRÊTER SON SPLENDIDE THÉÂTRE POUR NOTRE CAUSE. VOUS VOULEZ BIEN MONTER MA CHÉRIE ?

VOUDRIEZ-VOUS NOUS EXPLIQUER L'IMPORTANCE DES BONS DE GUERRE, MADAME POWELL ?
VOUS SAVEZ CE QUE SONT LES BONS DE GUERRE ?
VOUS SAVEZ AU MOINS QUE NOUS SOMMES EN GUERRE ?
PARLER N'EST PAS MON FORT...
OH ! QUEL EST DONC VOTRE POINT FORT ?
ANY BONDS TODAY? BONDS OF FREEDOM... THAT'S WHAT I'M SELLING...
ANY STAMPS TODAY? WE'LL BE BLEST...
IF WE ALL INVEST IN THE USA!!!!
PRENEZ MON ARGENT ET TOUT CE QUE VOUS VOULEZ DE MOI, CHER ANGE.
UN ACHAT...
UN BAISER.
J'EN VEUX CINQUANTE !
LAISSEZ-MOI PASSER !
C'EST COMBIEN, LE MAXIMUM ?

TREIZE MILLIONS DE DOLLARS, BÉBÉ !
QUELLE FOLIE !
LE DÉPARTEMENT DU TRÉSOR DOIT PRÉPARER UNE STATUE EN TON HONNEUR.
TU AS FAIT DE MOI L'HOMME LE PLUS ENVIÉ DE TOUT LE PAYS !
QU'ARRIVERA-T-IL QUAND JE NE SERAI PLUS JEUNE ? JE NE SAIS RIEN FAIRE. JE NE SUIS RIEN.
TU ES MA FEMME.
JE NE SUIS PAS UNE DAME.
NON, DIEU MERCI. ENLÈVE TA ROBE.
NI UNE CATIN.
NE TE FÂCHE PAS.
TU VEUX JOUER ?
ÇA COMMENCE MAL POUR MOI. À TOI BÉBÉ.

C'EST TA DERNIÈRE CHANCE, HORACE.
ATTENDS, TU NE M'AS PAS ENCORE RÉGLÉ MON COMPTE.
C'EST TOI QUI TIRES.
BONNE NUIT.
ATTENDS, GINA...
GINA !!
HORACE !

WALDO !
TU NE M'ÉCOUTES MÊME PAS…
ESCAPE from FREEDOM
The GRAPES of WRATH
STEINBECK
Collier's
ENTERTAINMENT FOR MEN
GENTLEMIND
Bye Bye MAGIC Powell
Sob! Sob!
GIANT SIZE
Bye Bye Magic Powell
OOH HORACE!!
Bye Bye…
Esquire
THE MAGAZINE FOR MEN
TIME
LIFE
LUCKY STRIKE
10¢

JE VEUX TERMINER DE LIRE ÇA.
Faulkner
Go Down Moses
RENTRE À LA MAISON. QUAND PAPA SE SERA CALMÉ, IL TE PARDONNERA ET T'INSCRIRA À NOUVEAU DANS SON TESTAMENT.
TU N'AS PAS DE RAISON DE VIVRE AINSI.
JE SAIS. MAIS J'AI DU TRAVAIL ET DU TEMPS POUR LIRE.
TU QUALIFIES DE TRAVAIL DEUX AFFAIRES QUE N'IMPORTE QUEL ÉTUDIANT AURAIT PU TRAITER ?
ÇA ME LAISSE LE TEMPS DE LIRE.
JE JETTE L'ÉPONGE. APPELLE-MOI QUAND TU MOURRAS DE FAIM.
LIFE
OSWALDO TRIGO ?
L'AVOCAT ?
J'AI BESOIN DE LUI PARLER.
IL EST LÀ. BONNE CHANCE.
MONSIEUR TRIGO ?
OUI ?
Faulkner

VOUS NE POUVEZ PAS IMAGINER LE MAL QUE J'AI EU À VOUS TROUVER. JE VOUDRAIS VOTRE AVIS SUR UN PROBLÈME LÉGAL QUI...
VOUS ÊTES **LA CHORISTE**, L'AUTRE... PARDON, LA SECONDE ÉPOUSE DE H.W. POWELL.
EXACTEMENT. VOILÀ LE PROBLÈME LÉGAL. LA PREMIÈRE A CONTESTÉ LE TESTAMENT **ET NE VEUT RIEN ME LAISSER.**
ELLE A CONTESTÉ LE TESTAMENT ? SOUS QUEL PRÉTEXTE ?
QUE MON MARIAGE AVEC POWELL EST NUL. QU'IL ÉTAIT TROP VIEUX ET MOI TROP JEUNE. QUE NOUS ÉTIONS IVRES.
VOUS L'ÉTIEZ ?
MOI, **OUI**.
VOTRE MARI AVAIT DES DIZAINES D'AVOCATS. POURQUOI MOI ?
JE VOUS AI VU AU PROCÈS POUR L'ASSASSINAT DES EMPLOYÉS DE LA CANASTA. QUELQU'UN A DIT À CETTE OCCASION QUE VOUS ÉTIEZ L'IMAGE DE LA DIGNITÉ.
VOUS AUSSI, VOUS AVEZ EU CETTE IMPRESSION ?
JE NE RECONNAIS PAS TOUJOURS LA DIGNITÉ QUAND JE LA VOIS. VOUS M'AIDEREZ ?
VOUS DEVEZ M'EN DIRE PLUS. CAFÉ OU THÉ ?
DU VIN...
S'IL VOUS PLAÎT.
OCTOBRE 1942
HOTEL ASTOR NEW YORK
NOW THE WORLD IS IN MY ARMS...
ILS SONT EN RETARD.
C'EST UNE STRATÉGIE, MADAME POWELL. MONTREZ-VOUS SEREINE.
LES VOILÀ.
MADAME POWELL, MESSIEURS LES AVOCATS...
NOUS COMMENÇONS ?

SELON LE TESTAMENT, MA CLIENTE DEVIENDRAIT L'ACTIONNAIRE MAJORITAIRE DES COMPAGNIES SUIVANTES : METROPOLITAN DEVELOPMENT CORP, BLUEMOON RECORDS ET CAPITOL PRESS. ELLE OBTIENDRAIT ÉGALEMENT LA PROPRIÉTÉ DU THÉÂTRE POWELL ET UNE SOMME DE VINGT MILLIONS DE DOLLARS COMPTANT, UN POUR CHAQUE ANNÉE DE SA VIE. COMME C'EST ROMANTIQUE !
JE NE MENTIONNERAI PAS LE NOMBRE DE MILLIONS QUE REÇOIT L'EX-MADAME POWELL. C'EST AUX DEUX ENFANTS DU COUPLE QUE REVIENNENT LA PROPRIÉTÉ DE POWELL STEEL TRUST ET LE GROS DE LA FORTUNE ESTIMÉE À QUATRE-VINGTS MILLIARDS. CE QUI EST ACCORDÉ À MA CLIENTE EST UNE MISÈRE. POURQUOI CELA VOUS OFFENSE-T-IL TELLEMENT ?
ELLE N'A DROIT À RIEN. **À RIEN !**
MADAME POWELL, S'IL VOUS PLAÎT.
CE N'EST PAS UNE QUESTION D'ARGENT, MONSIEUR TRIGO...
LE MARIAGE DE MADEMOISELLE N'EST PAS UN ACTE VALIDE. NOUS POUVONS LE DÉMONTRER.
VOTRE RÉPUTATION NE JOUE PAS EN VOTRE FAVEUR, MADEMOISELLE.
SA RÉPUTATION ? TREIZE MILLIONS DE BONS DE GUERRE, MESSIEURS. MADAME POWELL EST UNE HÉROÏNE, "LA FIANCÉE DE L'AMÉRIQUE". RAPPELEZ-MOI LA DATE OÙ MADAME ROOSEVELT DOIT VOUS REMETTRE VOTRE DÉCORATION, MADAME POWELL.
LE QUATRE JUILLET.
BELLE DATE.
BIEN, UN RAPPROCHEMENT SEMBLE DIFFICILE POUR L'INSTANT. JE VOUS VERRAI AU TRIBUNAL.
PERMETTEZ QUE JE VOUS AIDE, MADAME POWELL. **DANS VOTRE ÉTAT**, VOUS DEVEZ FAIRE ATTENTION.
PAS POSSIBLE !
ELLE EST ENCEINTE ?
MADAME POWELL, VOS FILS SONT DEUX HOMMES ADULTES AVEC DES SCANDALES SORDIDES DERRIÈRE EUX. AUCUN JUGE NE S'OPPOSERA À CE QU'UN PETIT ORPHELIN PARTAGE AVEC EUX LA FORTUNE DE SON PÈRE.
DONNEZ VOTRE ACCORD À L'EXÉCUTION DU TESTAMENT. SI VOUS LE FAITES...
... MA CLIENTE RENONCERA À TOUTE RÉCLAMATION ULTÉRIEURE POUR ELLE OU POUR SON FILS.
VOUS VOULEZ MON STYLO ?

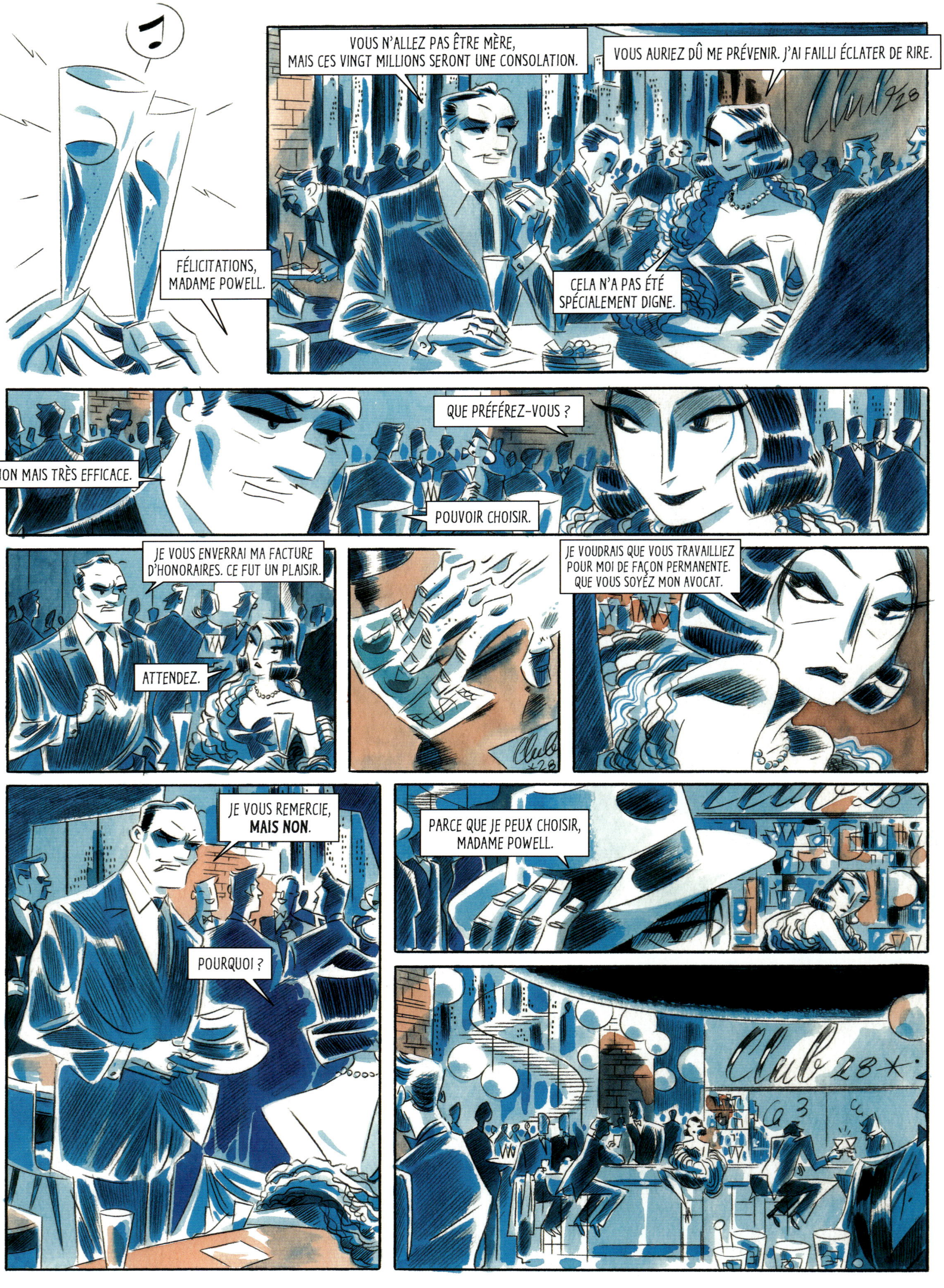

FÉLICITATIONS, MADAME POWELL.
VOUS N'ALLEZ PAS ÊTRE MÈRE, MAIS CES VINGT MILLIONS SERONT UNE CONSOLATION.
VOUS AURIEZ DÛ ME PRÉVENIR. J'AI FAILLI ÉCLATER DE RIRE.
CELA N'A PAS ÉTÉ SPÉCIALEMENT DIGNE.
Club 28
NON MAIS TRÈS EFFICACE.
QUE PRÉFÉREZ-VOUS ?
POUVOIR CHOISIR.
JE VOUS ENVERRAI MA FACTURE D'HONORAIRES. CE FUT UN PLAISIR.
ATTENDEZ.
JE VOUDRAIS QUE VOUS TRAVAILLIEZ POUR MOI DE FAÇON PERMANENTE. QUE VOUS SOYEZ MON AVOCAT.
JE VOUS REMERCIE, **MAIS NON**.
POURQUOI ?
PARCE QUE JE PEUX CHOISIR, MADAME POWELL.
Club 28

SEPTEMBRE 1943
MONSIEUR TRIGO.
The Little Prince
ANTOINE DE
MADAME POWELL ! APRÈS TOUT CE TEMPS ! VOUS AVEZ UN DON POUR TROUVER LES GENS.
J'AI BESOIN DE VOTRE AIDE.
NE LE PRENEZ PAS MAL MAIS JE NE TRAVAILLE PAS DEUX FOIS POUR LE MÊME MILLIONNAIRE.
MON ARGENT EST BLOQUÉ...
LES ACTIONNAIRES DE MES ENTREPRISES DISENT QUE J'AI DES DETTES ÉNORMES QUE JE NE PEUX PAS HONORER. ILS ME PROPOSENT DE M'EN LIBÉRER SI JE VENDS MES ACTIONS.
ILS SONT EN TRAIN DE VOUS BERNER.
JE SAIS.
QUE DISENT VOS AVOCATS ?
RIEN QUE JE PUISSE COMPRENDRE.
DU VIN, N'EST-CE PAS ?

NOS CLIENTS SONT AUSSI SURPRIS QUE VOUS, MADAME.
L'ATTITUDE DE MONSIEUR POWELL DANS SES DERNIERS MOIS EST INEXPLICABLE. TOUTES CES OPÉRATIONS INSENSÉES GARANTIES SUR SES ACTIFS.
LES ENTREPRISES QUI SONT RESTÉES AUX MAINS DE L'EX-MADAME POWELL SONT-ELLES DANS LA MÊME SITUATION ?
BIEN SÛR, MONSIEUR TRIGO. POUR QUI NOUS PRENEZ-VOUS ? NOUS AVONS DÉCOUVERT LA SITUATION À LA LIQUIDATION DE LA SUCCESSION. MAIS MADAME POWELL DISPOSE D'UN PATRIMOINE SUFFISANT POUR ASSUMER SES DETTES ET DE L'AIDE DE SES FILS.
LES AFFAIRES DE VOTRE ENTREPRISE CAPITOL PRESS SONT RUINEUSES : LA NYAA BROADCASTING, LE CAPITOL NEWS ET CETTE ESPÈCE DE REVUE...
GENTLEMIND.
MONSIEUR POWELL A RÉALISÉ DES INVESTISSEMENTS CATASTROPHIQUES EN LES UTILISANT COMME GARANTIE...
IL N'A PAS AGI DURANT SES DERNIERS MOIS COMME UN HOMME AYANT TOUTE SA TÊTE. SANS VOULOIR VOUS OFFENSER, MADEMOISELLE.
FAISONS UNE PAUSE. VOUS POURREZ DISCUTER DE NOTRE PROPOSITION.
SI POWELL AVAIT FAIT LA MOITIÉ DE CE QU'ILS PRÉTENDENT, ILS L'AURAIENT DÉCLARÉ INAPTE. JE VAIS FAIRE UN CONTRÔLE.
UN TISSU DE MENSONGES.
NON!

LAISSEZ-MOI LES COINCER.
JE N'AI PAS ENVIE D'ENGAGER UN LITIGE. QU'EST-CE QU'ILS OFFRENT ?
DIX MILLIONS.
ACCEPTEZ.
JE NE LE FERAI PAS ! JE DEMANDERAI AU MOINS LE DOUBLE. ET LE THÉÂTRE.
POURQUOI ?!
NON, PAS LE THÉÂTRE.
PARCE QUE, MOI AUSSI, J'AIME CHOISIR, MONSIEUR TRIGO.
NOUS REPRENONS, MESSIEURS ?
BON, NOUS VENDRONS. MAIS PAS POUR CETTE SOMME.
NOUS SOMMES AVOCATS...
NOUS PARVIENDRONS À UN ACCORD.
AUTRE CHOSE...
JE GARDE GENTLEMIND.
DÉCEMBRE 1943
DES DÉMOCRATES ? À LEURS YEUX NOUS NE SOMMES NI DES YANKEES, NI DES PORTORICAINS.
ILS NE SUPPORTENT PAS QU'UN NOIR OU MÊME L'ARRIÈRE-ARRIÈRE-PETIT-FILS D'UN NOIR FOULE LE SOL DE LEUR SÉNAT.
NOUS SOMMES TOUT JUSTE BONS À FAIRE LEURS RÉCOLTES OU À MOURIR DANS LEURS GUERRES...

PRENONS LES ARMES POUR NOTRE PEUPLE ET NON POUR LE LEUR !
NOUS N'EN FAISONS PAS ASSEZ ! MOI, JE N'EN FAIS PAS ASSEZ, FRÈRE ! ET TOI NON PLUS !
NI TOI, FRÈRE !
NON, "FRÈRE", JE NE LE FAIS PAS. NI POUR PORTO RICO NI POUR RIEN D'AUTRE...
ET, CROIS-MOI SI TU VEUX, ÇA M'AFFECTE ÉNORMÉMENT.
JE DONNERAIS CHER POUR SAVOIR AVEC LA MÊME CERTITUDE QUE TOI QUEL EST, DANS CE MONDE RÉPUGNANT, L'UNIQUE PROBLÈME QUI ME RÉCLAME EN ENTIER...
QUEL EST CELUI QUI MÉRITE QUE JE LUI CONSACRE TOUT MON BONHEUR ET TOUTE MA SOUFFRANCE. CELUI QUI JUSTIFIERA QUE JE TUE OU QUE JE MEURE.
BONNE ANNÉE, GABRIELA. NE FAIS PAS DE BÊTISES.
OH, NON, WALDO. TU AVAIS PROMIS DE RESTER !
QUELLE ÉLOQUENCE, FRÈRE. UTILISE TES MOTS POUR AIDER LES TIENS !
QUI SONT LES MIENS, "FRÈRE" ? JE NE SUIS NI AMÉRICAIN NI PORTORICAIN, NI BLANC NI NOIR...
JE NE SUIS PAS UN HÉROS, COMME TOI.
NON, TU N'ES QU'UN IMPÉRIALISTE DE MERDE !
TAIS-TOI, IMBÉCILE !
NEWS PA
MADISON AV
IL VOUS RESTE UN NUMÉRO D'ESQUIRE ?
FINI POUR AUJOURD'HUI, MONSIEUR.
UNE REVUE ? UN JOURNAL ? N'IMPORTE QUOI, DU MOMENT QU'IL Y A UNE HISTOIRE.
J'AI FERMÉ, MONSIEUR. C'EST SOIR DE RÉVEILLON.
BIEN SÛR. EXCUSEZ-MOI.
MAIS, C'EST PAS GRAVE, ALLEZ. DES HISTOIRES, **IL Y EN A PARTOUT.**

135
PARK AVENUE
135
1944
HAPPY 1944
OUBLIE-LA, MON FILS. ELLE N'A PAS DE CŒUR.
1944
1944
ET POURQUOI C'EST IMPOSSIBLE ? POURQUOI ÇA NE PEUT PAS S'ARRÊTER AUJOURD'HUI ?
SMALLEST
IN THE W
MAIS D'OÙ TU SORS, ESPÈCE DE CORNICHON ?
HAPPY 1944
EST-CE QUE VOUS AURIEZ UNE ENTRÉE EN TROP ?
IL Y A TOUJOURS QUELQU'UN QUI MANQUE À LA DERNIÈRE MINUTE... S'IL VOUS PLAÎT, NE LA JETEZ PAS.
LOVE
GENTLE

MADAME POWELL... VOUS ALLEZ BIEN ?
MONSIEUR TRIGO ?! QUE FAITES-VOUS ICI ?
JE VOUS AI VUE ENTRER.
J'ÉTAIS CURIEUX DE SAVOIR CE QUE VOUS FAISIEZ ICI UN SOIR COMME CELUI-CI.
JE VAIS FAIRE DE CETTE REVUE QUELQUE CHOSE QUI ME RENDRA RICHE POUR LE RESTE DE MES JOURS.
TOUTE SEULE ?
C'EST LE SOIR DU NOUVEL AN. TOUT LE MONDE EST PRIS.
PAS MOI.
JE CROYAIS QUE VOUS NE TRAVAILLIEZ JAMAIS DEUX FOIS POUR LE MÊME MILLIONNAIRE.
CETTE RUINE AURA DÉVORÉ VOS MILLIONS AVANT MÊME QUE VOUS AYEZ PU LES COMPTER.

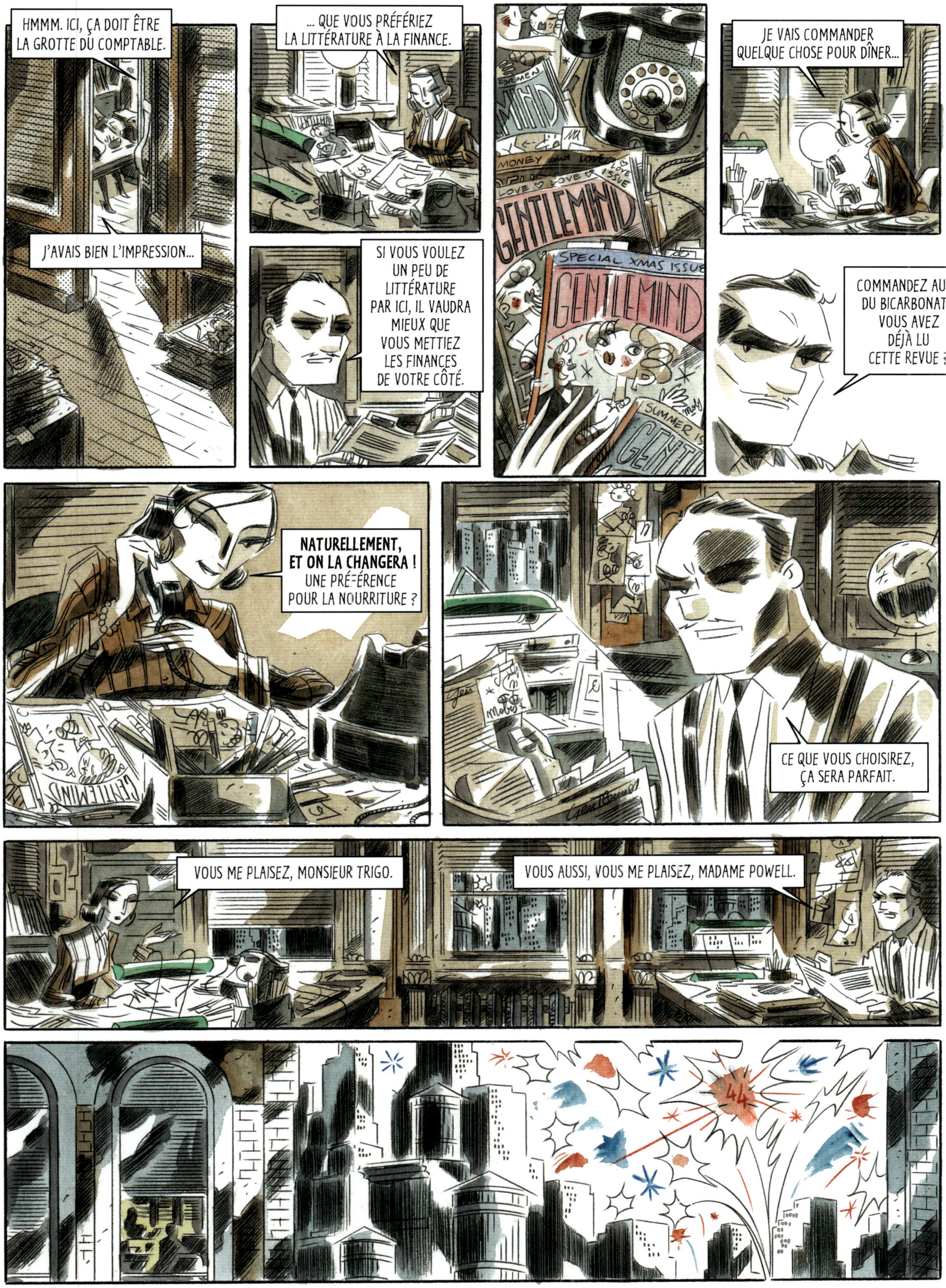
HMMM. ICI, ÇA DOIT ÊTRE LA GROTTE DU COMPTABLE.
J'AVAIS BIEN L'IMPRESSION...
... QUE VOUS PRÉFÉRIEZ LA LITTÉRATURE À LA FINANCE.
SI VOUS VOULEZ UN PEU DE LITTÉRATURE PAR ICI, IL VAUDRA MIEUX QUE VOUS METTIEZ LES FINANCES DE VOTRE CÔTÉ.
GENTLEMIND
SPECIAL XMAS ISSUE
GENTLEMIND
JE VAIS COMMANDER QUELQUE CHOSE POUR DÎNER...
COMMANDEZ AUSSI DU BICARBONATE. VOUS AVEZ DÉJÀ LU CETTE REVUE ?
NATURELLEMENT, ET ON LA CHANGERA ! UNE PRÉFÉRENCE POUR LA NOURRITURE ?
CE QUE VOUS CHOISIREZ, ÇA SERA PARFAIT.
VOUS ME PLAISEZ, MONSIEUR TRIGO.
VOUS AUSSI, VOUS ME PLAISEZ, MADAME POWELL.
44

JANVIER 1944
JE N'ARRIVE PAS À CROIRE QUE VOUS AYEZ PEUR D'EUX.
ILS ME HAÏSSENT.
NON. LE COMPTABLE ME HAIT. SI ON ME TROUVE MORT, ACCUSEZ LE COMPTABLE. MAIS ILS NE VOUS HAÏSSENT PAS, ILS SONT SIMPLEMENT INQUIETS.
PARLER N'EST PAS MON FORT. COMMENCEZ, VOUS.
BONJOUR, MESSIEURS.
MADAME POWELL ET MOI-MÊME SOUHAITONS VOUS REMERCIER POUR VOTRE COLLABORATION DE CES DERNIERS JOURS.
MAINTENANT QUE NOUS CONNAISSONS LA SITUATION RÉELLE DE LA REVUE, NOUS POUVONS DIRE QUE...
Esquire
Esquire

BEAUCOUP DE CHOSES DOIVENT CHANGER SI NOUS VOULONS QUE GENTLEMIND CONTINUE À PARAÎTRE.

JE VOUS L'AVAIS DIT ! ILS VONT NOUS VIRER !
MESSIEURS !
JE VOUS GARANTIS QUE VOS POSTES DE TRAVAIL NE SONT PAS MENACÉS. NOUS AVONS BESOIN DE VOUS !
ENSEMBLE, NOUS POUVONS HISSER GENTLEMIND AU SOMMET DU PAYSAGE ÉDITORIAL.
... POUR CELA, IL NOUS FAUT DES CONTENUS NOUVEAUX, AUDACIEUX, QUI PASSIONNENT L'HOMME D'AUJOURD'HUI.
NOUS AVONS BESOIN DE VOS IDÉES !
VOUS AVEZ TRAVAILLÉ PENDANT DES ANNÉES DANS UNE REVUE MASCULINE. VOUS ÊTES TOUS DES HOMMES, POUR L'AMOUR DE DIEU !
SI VOUS NE SAVEZ PAS, VOUS, CE QUI PLAÎT AUX HOMMES, ALORS QUI ?
LEURS MÈRES.
COMMENT ?
LEURS FILLES, LEURS FEMMES, LEURS SŒURS, LEURS MAÎTRESSES... NOUS AVONS BESOIN DE FEMMES.

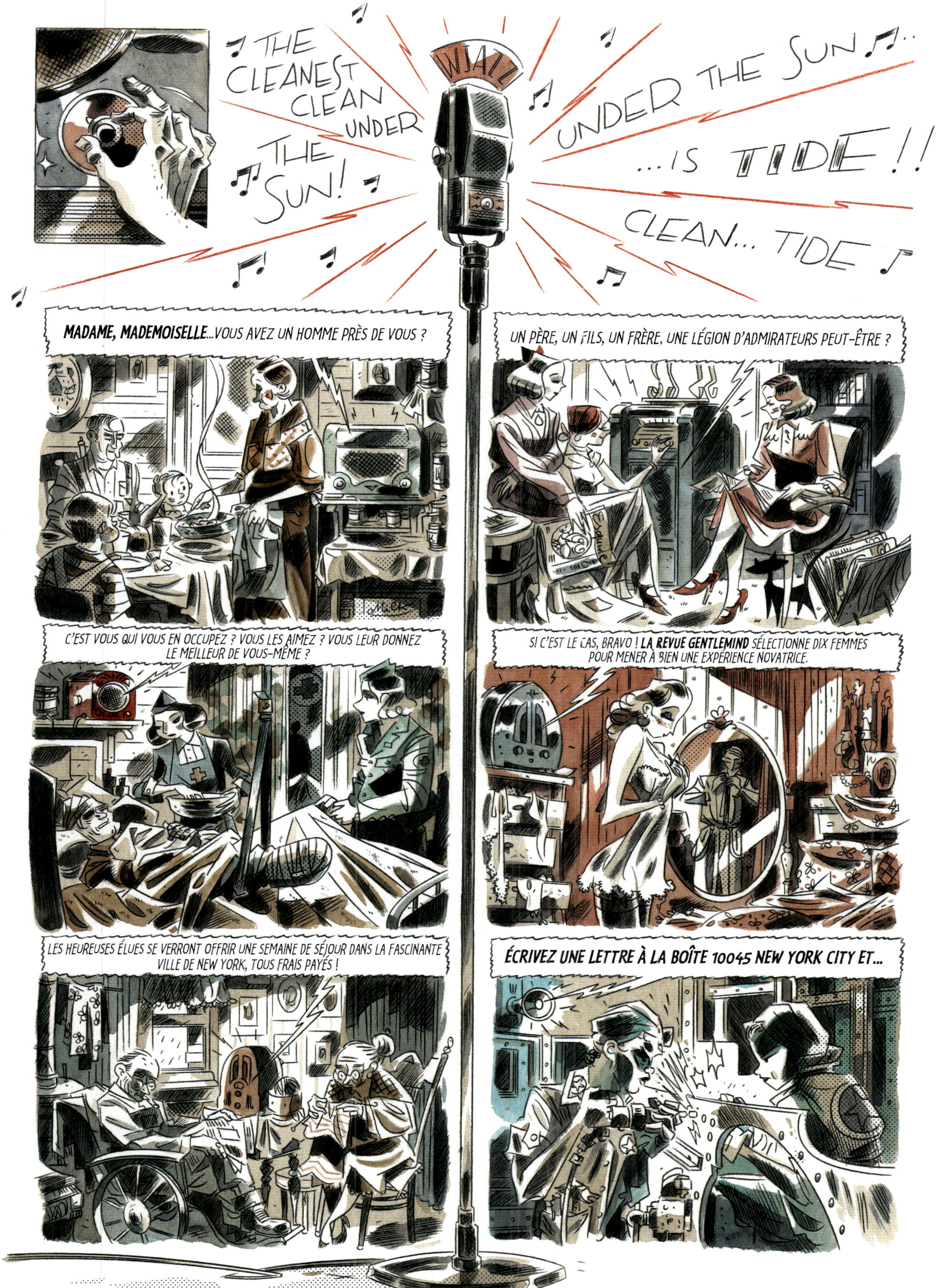
THE CLEANEST CLEAN UNDER THE SUN!
WJAZ
UNDER THE SUN...
...IS TIDE!!
CLEAN... TIDE
MADAME, MADEMOISELLE... VOUS AVEZ UN HOMME PRÈS DE VOUS ?
UN PÈRE, UN FILS, UN FRÈRE, UNE LÉGION D'ADMIRATEURS PEUT-ÊTRE ?
C'EST VOUS QUI VOUS EN OCCUPEZ ? VOUS LES AIMEZ ? VOUS LEUR DONNEZ LE MEILLEUR DE VOUS-MÊME ?
SI C'EST LE CAS, BRAVO ! LA REVUE GENTLEMIND SÉLECTIONNE DIX FEMMES POUR MENER À BIEN UNE EXPÉRIENCE NOVATRICE.
LES HEUREUSES ÉLUES SE VERRONT OFFRIR UNE SEMAINE DE SÉJOUR DANS LA FASCINANTE VILLE DE NEW YORK, TOUS FRAIS PAYÉS !
ÉCRIVEZ UNE LETTRE À LA BOÎTE 10045 NEW YORK CITY ET...

MARS 1944
"... DEVENEZ UNE SEMAINE ENTIÈRE LA SULTANE DE MANHATTAN !"
BON DIEU ! QUI A CONÇU CE SLOGAN ?
LE COURRIER !
ON EST LE QUATRE JUILLET ET JE NE M'EN SUIS PAS ENCORE APERÇU ? AU BOULOT !
QUEL SENS ÇA A, WYLER ? LE BASANÉ ET LA CHORISTE VONT TOUT METTRE SENS DESSUS DESSOUS.
DES FEMMES ! QU'EST-CE QU'ELLES PEUVENT NOUS APPRENDRE ?
BERT, TROIS GROS POISSONS SONT MORTS CETTE SEMAINE. TU AS RÉDIGÉ LEURS NÉCROLOGIES ?
OH, WYLER. TU ES EN DEHORS DU COUP.
ÇA "NE PLAÎT PAS" AUX HOMMES DE LIRE QUE MÊME LES TYPES LES PLUS FRIQUÉS FINISSENT PAR CLAMSER. TU LE SAURAIS, SI TU ÉTAIS UNE FEMME.
HA, HA, HA !
HA, HA, HA !
HA, HA, HA !
HA, HA, HA !
HA, HA, HA, HA !
ASSEZ ! TOUS AU TRAVAIL !!
NOUS AVONS UNE REVUE À FAIRE !
"J'AI ÉTÉ MARIÉE QUATRE FOIS ET J'AI NEUF ENFANTS. CE QUI PLAÎT AUX HOMMES, C'EST DE DORMIR COMME DES PORCS, DE MANGER COMME DES PORCS ET DE FORNIQUER COMME DES PORCS. »
BON. UNE EXPERTE.
HAHA! HA!
"JE CONNAIS SI BIEN LES HOMMES QU'ENTRE TOUS, J'AI CHOISI MON RUPERT. EN 56 ANS IL NE M'A PAS DONNÉ UN SEUL MOTIF DE MÉCONTENTEMENT."
ÉCOUTEZ ...
LE COURRIER !
MON DIEU ! NOUS NE SORTIRONS PLUS D'ICI !
VOUS CROYEZ QUE NOUS OBTIENDRONS QUELQUE CHOSE DE DIFFÉRENT DE "CE QUI PLAÎT AUX HOMMES, C'EST LE SPORT, LES VOITURES, LE SEXE..." ?
MÊME SI ON ÉCHOUE, AU MOINS NOUS DONNERONS PEUT-ÊTRE À QUELQU'UN LES PREMIÈRES VACANCES DE SA VIE.

AVRIL 1944
... COMMENÇONS CETTE SEMAINE INOUBLIABLE...
... AVEC UNE VISITE DE NOTRE MAGNIFIQUE VILLE TANDIS QUE NOUS NOUS DIRIGEONS VERS LES BUREAUX DE GENTLEMIND.
JE DONNERAIS N'IMPORTE QUOI POUR QUE CETTE ENVIEUSE DE MADAME PECHABY ME VOIE MAINTENANT.
VOUS ME DITES QU'IL Y A DES GENS QUI HABITENT LÀ-HAUT ?
Gentlemind
welcome
Welcome Women of America!
Gentlemind
Greyhound Lines
ON POURRA SE FAIRE PRENDRE EN PHOTO AVEC UN ACTEUR ?
ET VOUS POURRIEZ ENVOYER LA PHOTO À MADAME PECHABY À KANSAS ?!
ÇA NE VOUS GÊNE PAS QUE JE FUME ?
BIENVENUE À **GENTLEMIND**, MESDAMES !
CES MESSIEURS N'ONT PAS L'AIR D'ACTEURS.
VOUS AVEZ DU FEU ?
TOI NON PLUS TU N'ES PAS RITA HAYWORTH, MA BELLE.
PAR ICI, MESDAMES, NE VOUS SÉPAREZ PAS !
DE QUEL GENRE, POUPÉE ?
IL N'Y A PAS DE RÉPONSES JUSTES OU FAUSSES. N'AYEZ PAS PEUR DE DIRE CE QUI VOUS VIENT IMMÉDIATEMENT À L'ESPRIT.
ALORS, QU'EST-CE QUI PLAÎT AUX HOMMES ?
LEUR PROPRE ODEUR ?
HA, HA, HA, HA !
LAISSEZ TOMBER, C'EST UNE BÊTISE.
NON, MA CHÉRIE. MON JOHN SE RENIFLAIT PROFONDÉMENT APRÈS UNE BONNE JOURNÉE DE TRAVAIL.
JE DIRAIS QUE... ÇA LUI DONNAIT CONSCIENCE DE LUI-MÊME.
MINCE ALORS, GRAND-MÈRE. LE LYRISME DE LA SUEUR !

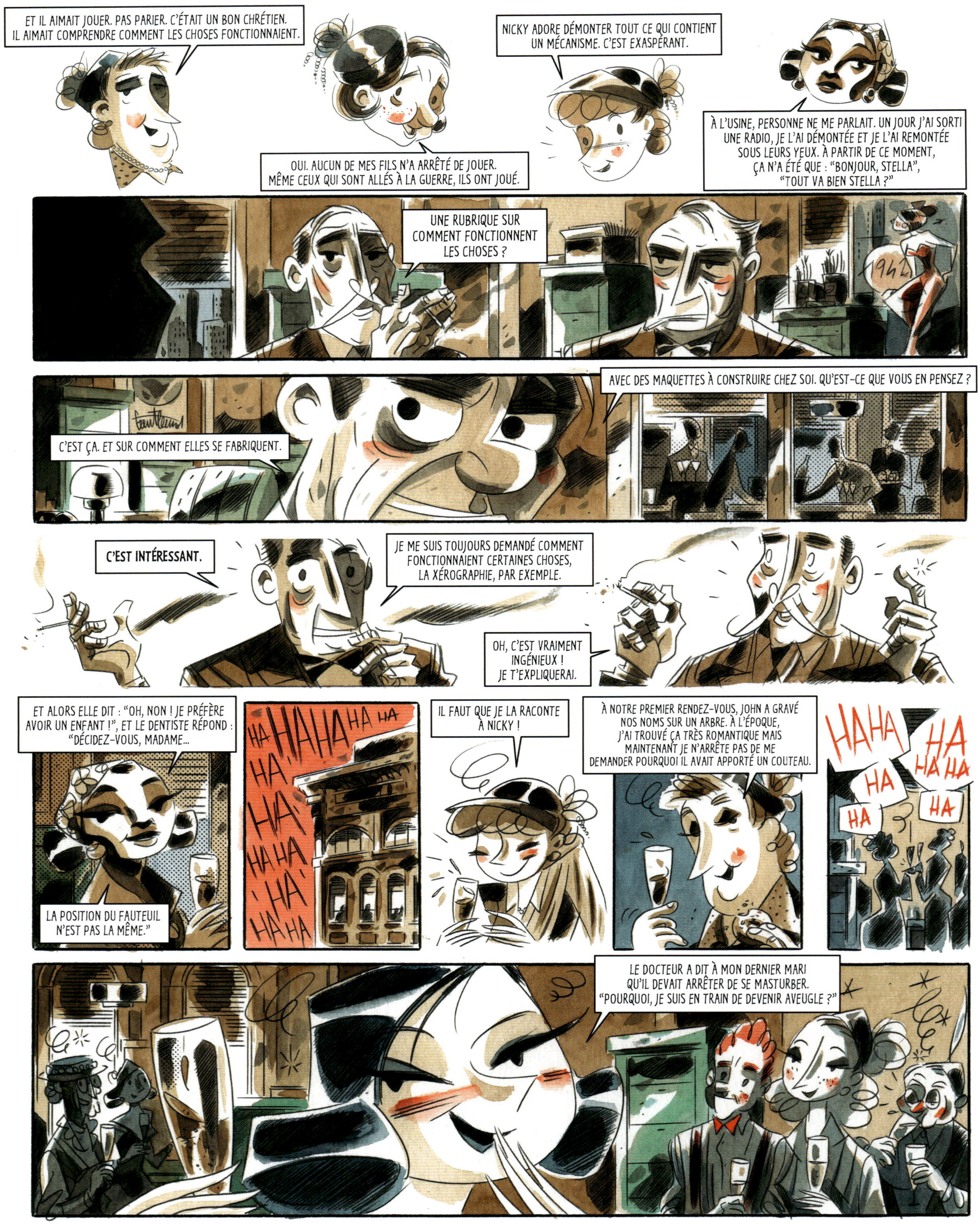
ET IL AIMAIT JOUER. PAS PARIER. C'ÉTAIT UN BON CHRÉTIEN. IL AIMAIT COMPRENDRE COMMENT LES CHOSES FONCTIONNAIENT.
OUI. AUCUN DE MES FILS N'A ARRÊTÉ DE JOUER. MÊME CEUX QUI SONT ALLÉS À LA GUERRE, ILS ONT JOUÉ.
NICKY ADORE DÉMONTER TOUT CE QUI CONTIENT UN MÉCANISME. C'EST EXASPÉRANT.
À L'USINE, PERSONNE NE ME PARLAIT. UN JOUR J'AI SORTI UNE RADIO, JE L'AI DÉMONTÉE ET JE L'AI REMONTÉE SOUS LEURS YEUX. À PARTIR DE CE MOMENT, ÇA N'A ÉTÉ QUE : "BONJOUR, STELLA", "TOUT VA BIEN STELLA ?"
UNE RUBRIQUE SUR COMMENT FONCTIONNENT LES CHOSES ?
C'EST ÇA. ET SUR COMMENT ELLES SE FABRIQUENT.
AVEC DES MAQUETTES À CONSTRUIRE CHEZ SOI. QU'EST-CE QUE VOUS EN PENSEZ ?
C'EST INTÉRESSANT.
JE ME SUIS TOUJOURS DEMANDÉ COMMENT FONCTIONNAIENT CERTAINES CHOSES, LA XÉROGRAPHIE, PAR EXEMPLE.
OH, C'EST VRAIMENT INGÉNIEUX ! JE T'EXPLIQUERAI.
ET ALORS ELLE DIT : "OH, NON ! JE PRÉFÈRE AVOIR UN ENFANT !", ET LE DENTISTE RÉPOND : "DÉCIDEZ-VOUS, MADAME...
LA POSITION DU FAUTEUIL N'EST PAS LA MÊME."
HA HAHA HA HA HA HA HA HA HA HA HA
IL FAUT QUE JE LA RACONTE À NICKY !
À NOTRE PREMIER RENDEZ-VOUS, JOHN A GRAVÉ NOS NOMS SUR UN ARBRE. À L'ÉPOQUE, J'AI TROUVÉ ÇA TRÈS ROMANTIQUE MAIS MAINTENANT JE N'ARRÊTE PAS DE ME DEMANDER POURQUOI IL AVAIT APPORTÉ UN COUTEAU.
HAHA HA HA HA HA HA
LE DOCTEUR A DIT À MON DERNIER MARI QU'IL DEVAIT ARRÊTER DE SE MASTURBER. "POURQUOI, JE SUIS EN TRAIN DE DEVENIR AVEUGLE ?"

"NON, A REPRIS LE DOCTEUR, MAIS MON INFIRMIÈRE ET MOI SOMMES TERRIBLEMENT GÊNÉS."
HAAA, HAAAA, HAAAAAA !!!
OH MON DIEU ! QUELLE HONTE ! HA, HA, HA !
MICHAEL AIMAIT RIRE. QU'EST-CE QU'IL AIMAIT ÇA.
ILS AIMENT TOUS ÇA. ILS ADORENT RIRE.
ILS RIENT MÊME DES PIRES BLAGUES.
DANS LES PIRES MOMENTS.
BERT, LES NÉCROLOGIES, C'EST FINI.
VOUS AVEZ TROUVÉ LA FONTAINE DE JOUVENCE OU JE SUIS VIRÉ ?
JE VOUS AI VU JOUER DANS LES CLUBS DU VILLAGE, BERT. VOUS AVEZ UN TALENT COMIQUE. NOUS VOULONS QUE VOUS ÉCRIVIEZ QUELQUES BLAGUES DANS CHAQUE NUMÉRO.
LES BLAGUES ÉCRITES NE SONT PAS DRÔLES. OU BIEN ON LES RACONTE, OU BIEN ON LES DESSINE.
DIS DONC, MOSKY, POURQUOI TU N'ARRÊTES PAS DE DESSINER DES FEMMES ?
JE NE SAIS RIEN DESSINER D'AUTRE.
CROIS-MOI, CE QUE TU NE SAIS PAS, C'EST DESSINER DES FEMMES. VIENS ICI.
Gent Girls
COCKTAIL
Mosky
ILS VEULENT TOUJOURS AVOIR RAISON !
ILS ADORENT DÉPLACER DES CHOSES LOURDES.
LA V ANDE AVEC DES PATATES !
CRITIQUER LEURS ENNEMIS.
ET LEURS AMIS !
ORGANISER, MAIS PAS PLANIFIER.
ET TOUT CE QUI FLATTE LEUR ENTREJAMBE.

COMME LES SLIPS USÉS !
PISSER DANS LES CHAMPS !
OU REPOSER LES MAINS "LÀ" !
REPOSER ? CERTAINS LES ONT BIEN ACTIVES !
HA HA HA HA HA HA
TOC TOC
DIEU MERCI. LE REPAS.
NOUS NE DEVRIONS PLUS LEUR SERVIR D'ALCOOL.
UNE PAUSE POUR REPRENDRE DES FORCES, MESDAMES ?
DU CHAMPAGNE !
OUI ! DU CHAMPAGNE !
... ET INCLURE UNE PETITE MAQUETTE D'AVION D'UN FORMAT TEL QUE...
... ET CRÉER UN PERSONNAGE, QUELQUE CHOSE QUI DONNE SON CARACTÈRE PROPRE À LA REVUE.
NOUS PRENONS UN RAFRAÎCHISSEMENT. VOUS VENEZ ?
... QU'ON LES DÉBARRASSE DE LA PEUR. QU'ON LEUR RACONTE DES MENSONGES.
LES LONGS SILENCES. LES LONGUES ÉTREINTES.
ÊTRE SEULS SANS PENSER À RIEN.
SE SENTIR ADMIRÉS.
INDISPENSABLES.
AIMÉS.
MESDAMES.
QU'EST-CE QUI VOUS PLAÎT À VOUS, MESSIEURS, QU'EST-CE QUI VOUS PLAÎT ?

87/150

Bédé en Bulles

… ALORS
ILS L'ONT POURSUIVI ENTRE LES ARBRES,
LA TRAQUE A DURÉ TOUTE LA NUIT.
ILS POUVAIENT ENTENDRE LA RESPIRATION
HALETANTE DU JEUNE ALLEMAND,
SES PRIÈRES, SES SANGLOTS.
ILS LE TENAIENT ENCERCLÉ, MAIS AUCUN
NE VOULAIT ÊTRE L'AUTEUR DE SA MORT…
… QUE POUVAIS-JE FAIRE ? ÇA VOUS EST DÉJÀ ARRIVÉ DE TOUCHER LE FOND ? LE VRAI FOND ?
LÀ OÙ IL N'Y A QUE DE LA BOUE. IMPOSSIBLE DE DONNER UN COUP DE PIED POUR REMONTER À LA SURFACE.
… ET MINNIE ÉTAIT FÂCHÉE POUR DE BON. ALORS ELLE A PRIS TOUTES LES LETTRES ET LES A ENVOYÉES AUX PARENTS DE CHACUN D'ENTRE EUX.
OH, NON ! HA, HA, HA !
REGARDEZ-LES TOUS COMME MON JOHN…
… C'ÉTAIT UN HOMME PEU BAVARD. IL N'AVAIT JAMAIS APPRIS À LIRE…
… IL NE SAVAIT QUE TRAVAILLER. MAIS DEVANT UNE BONNE HISTOIRE, IL ÉTAIT CAPABLE DE PLEURER.
QUELQUEFOIS, IL RENTRAIT SI FATIGUÉ QU'IL NE DÎNAIT MÊME PAS. IL SE COUCHAIT ET ME DEMANDAIT DE LUI FAIRE LA LECTURE OU D'ALLUMER LA RADIO. JAMAIS IL NE S'EST ENDORMI SANS AVOIR ÉCOUTÉ UNE HISTOIRE AVANT.
LES HOMMES AIMENT LES HISTOIRES. ILS LES ÉCOUTENT SANS RÉPIT DU BERCEAU À LA TOMBE…
… ET ILS N'EN ONT JAMAIS ASSEZ.

LA REVUE GENTLEMIND ANNONCE LE PREMIER **GENTLEMIND SHORT FICTION CONTEST**...
CAMUS
... LE PRIX LITTÉRAIRE LE PLUS IMPORTANT DU PAYS POUR LES JEUNES ÉCRIVAINS !
VOUS POUVEZ TOUS Y PARTICIPER, VOUS DEVEZ TOUS Y PARTICIPER !

IL SUFFIT D'ÉCRIRE UNE HISTOIRE ORIGINALE DE TROIS MILLE MOTS...
... QUI RÉPONDE AU TITRE "BORN AGAIN" ET DE NOUS L'ENVOYER.

Gentlemind
WANTS
YOU
L'HISTOIRE QUI GAGNERA SERA PUBLIÉE
DANS LE RESPLENDISSANT PREMIER NUMÉRO DU NOUVEAU
Gentlemind
ET SON AUTEUR RECEVRA UN PRIX DE 12 000 DOLLARS
EN LIQUIDE ET UN CONTRAT DE COLLABORATION AVEC NOTRE
NOUVELLE REVUE.
Gentlemind
ON THE AIR
Gentlemind
DON'T MISS A SINGLE COPY!
COUREZ À VOTRE MACHINE À ÉCRIRE !
NOUS VOUS ATTENDONS !
488 MADISON AVENUE – NEW YORK CITY 22 – N.Y.
Gentlemind
#1 ISSUE
Radio
ON SALE at YOUR FAVORITE NEWSSTAND
10¢

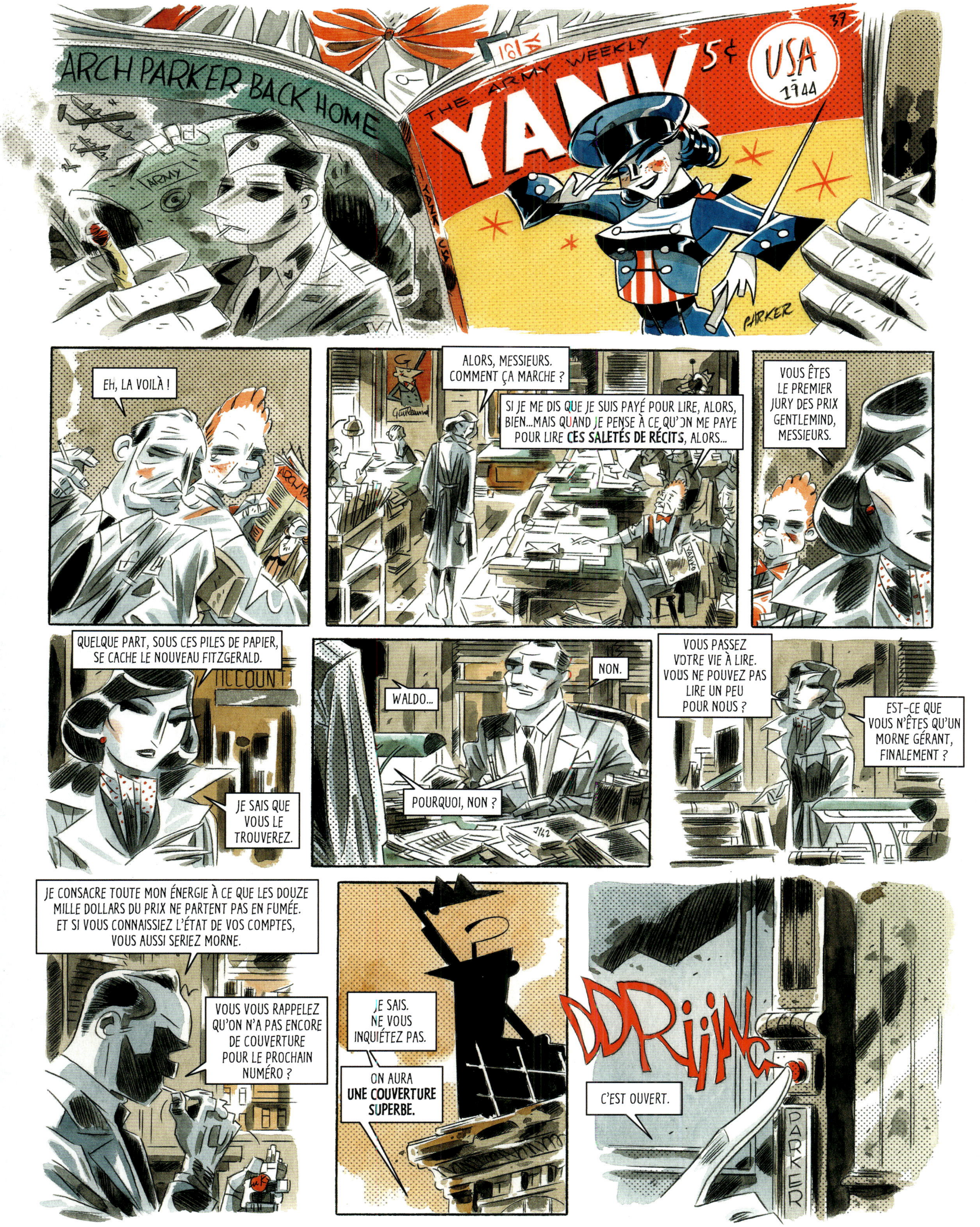
ARCH PARKER BACK HOME
THE ARMY WEEKLY YANK 5¢
USA 1944
PARKER
EH, LA VOILÀ !
ALORS, MESSIEURS. COMMENT ÇA MARCHE ?
SI JE ME DIS QUE JE SUIS PAYÉ POUR LIRE, ALORS, BIEN... MAIS QUAND JE PENSE À CE QU'ON ME PAYE POUR LIRE **CES SALETÉS DE RÉCITS**, ALORS...
VOUS ÊTES LE PREMIER JURY DES PRIX GENTLEMIND, MESSIEURS.
QUELQUE PART, SOUS CES PILES DE PAPIER, SE CACHE LE NOUVEAU FITZGERALD.
JE SAIS QUE VOUS LE TROUVEREZ.
WALDO...
NON.
POURQUOI, NON ?
VOUS PASSEZ VOTRE VIE À LIRE. VOUS NE POUVEZ PAS LIRE UN PEU POUR NOUS ?
EST-CE QUE VOUS N'ÊTES QU'UN MORNE GÉRANT, FINALEMENT ?
JE CONSACRE TOUTE MON ÉNERGIE À CE QUE LES DOUZE MILLE DOLLARS DU PRIX NE PARTENT PAS EN FUMÉE. ET SI VOUS CONNAISSIEZ L'ÉTAT DE VOS COMPTES, VOUS AUSSI SERIEZ MORNE.
VOUS VOUS RAPPELEZ QU'ON N'A PAS ENCORE DE COUVERTURE POUR LE PROCHAIN NUMÉRO ?
JE SAIS. NE VOUS INQUIÉTEZ PAS.
ON AURA **UNE COUVERTURE SUPERBE.**
DDRIIING
C'EST OUVERT.
PARKER

BONJOUR.
BONJOUR, NAVIT.
MERCI D'AVOIR ACCEPTÉ, ARCH. TU NE M'AS PAS DIT LE PRIX AU TÉLÉPHONE, MAIS JE PEUX TE FAIRE UN CHÈQUE POUR...
LAISSE-MOI TE L'OFFRIR. EN SOUVENIR DU BON VIEUX TEMPS.
NOUS COMMENÇONS ?
TU N'AS PAS CHANGÉ. TU ES MIEUX HABILLÉE. C'EST TOUT. JE PEUX TE DESSINER DE MÉMOIRE.
JE TE LE REMETTRAI DANS TROIS JOURS. FERME LA PORTE EN SORTANT.

SCRASHHH
SCRASHHH
Redaction Gentlemen 488 Madison Avenue NYC 22
VOUS VOULEZ ME PARLER DE QUELQUE CHOSE ?
NON, ET VOUS À MOI ?
DE L'ARGENT, COMME TOUJOURS. MAIS, ÇA SERA POUR PLUS TARD.
MADAME POWELL, LISEZ ÇA.
C'EST LE GAGNANT ?
ÇA DEVRAIT L'ÊTRE. MAIS LA NOUVELLE N'EST PAS SIGNÉE ET LE NOM DE L'EXPÉDITEUR NE FIGURE PAS SUR L'ENVELOPPE.
LE TAMPON EST DE PROVIDENCE, RHODE ISLAND.
Redaction Gentlemen 488 Madison Avenue NYC 22
PROVIDENCE RHODE ISLAND
IL FAUDRA EN TROUVER UN AUTRE.
LISEZ-LE, MADAME POWELL.

PUBLIONS-LE. SOUS UN PSEUDONYME. **JOHN DOE**. L'AUTEUR NOUS CONTACTERA.
ET S'IL NE LE FAIT PAS ?
VOUS CONNAISSEZ QUELQU'UN CAPABLE DE RENONCER À DOUZE MILLE DOLLARS ?
ALLEZ, ÇA NE PEUT PAS ÊTRE SI BIEN QUE...
JE PASSE UNE MAUVAISE JOURNÉE. DITES-MOI QUE ÇA MARCHERA, WALDO. QUE JE N'AI PAS TOUT MISÉ SUR UN CAPRICE.
NOUS AVONS UNE ÉQUIPE QUI EN VEUT, DE BONNES IDÉES ET UN ÉCRIVAIN QUI FAIT PLEURER. QU'EST-CE QUI PEUT RATER ? **LA COUVERTURE** ?
ARCH PARKER LA REMETTRA DANS TROIS JOURS.
ARCH PARKER. UN BON CHOIX.
VOUS N'AVEZ PAS DEMANDÉ À PARKER DE TRAVAILLER ICI ? SA TABLE EST TELLE QU'IL L'A LAISSÉE ET VOUS NE PERMETTEZ À PERSONNE DE L'OCCUPER, NON ?
... VOUS DEVRIEZ LE FAIRE.
... PARCE QUE C'EST L'ILLUSTRATEUR DU MOMENT. PARCE QU'IL A QUITTÉ YANK ET N'A POUR L'INSTANT SIGNÉ POUR AUCUNE AUTRE REVUE. ET PARCE QUE...
... VOUS ÊTES FOLLE DE LUI, MADAME POWELL.

First Issue
Juin, 1944
Gentlemind
INVENTIONS
MECHANICS
GAMES
SPORTS
ARTS
MOSKY & BERT'S CARTOONS
JOHN DOE Thrilling Story "BORN AGAIN"
Gina Powell goes Straight!
IT'S GENTLEMIND Short Fiction CONTEST WINNER!
PARKER
10¢

JUIN 1944
STORE
NEWSSTAND
GENTLEMIND, S'IL VOUS PLAIT.
IL NE M'EN RESTE PLUS, MONSIEUR.
Gentlemind
New!
DAILY NEWS

JE NE SAIS PAS CE QUI SE PASSE, **LES GENS SONT DEVENUS FOUS**.
AVANT PERSONNE N'EN VOULAIT ET AUJOURD'HUI...
C'EST À CAUSE DU DESSIN DE CETTE FEMME.
IL A QUELQUE CHOSE, VOUS NE TROUVEZ PAS ?

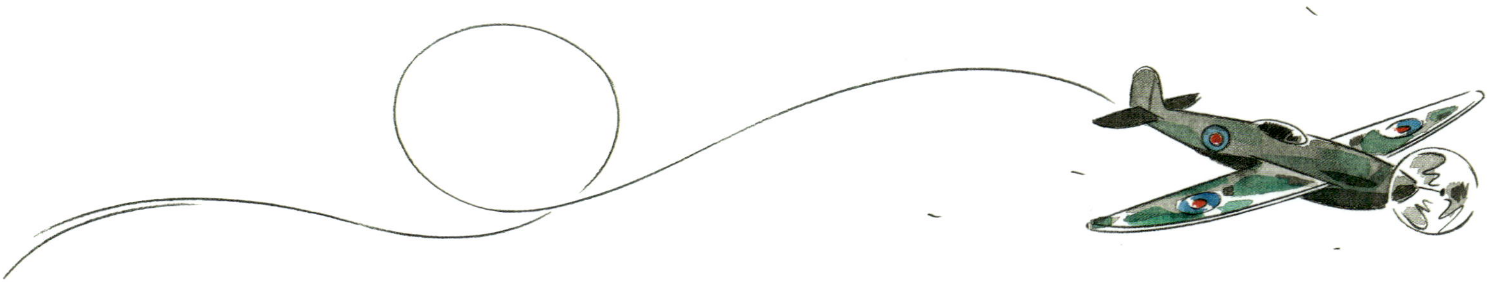

QUELQU'UN A UN GENTLEMIND ?
IL N'EN RESTE PAS UN DANS TOUTE LA VILLE.
Mr. G!

FÉLICITATIONS.
JE NE CROYAIS PAS QUE NOUS Y ARRIVERIONS.
CE N'EST QU'UN DÉBUT, WYLER.
… MAINTENANT IL FAUT SE MAINTENIR.
FIRST ISSUE
Gentlemind
INVENTIONS
MECHANICS
GAMES
SPORTS
ARTS

TU POURRAIS FAIRE CE QUE TU VEUX, COMME TU VEUX... TA TABLE EST TELLE QUE TU L'A LAISSÉE.
POURQUOI NE PAS EN PARLER AUTOUR D'UN REPAS ?
AH.
... MÊME PAS UNE HEURE OU DEUX ?
... JE COMPRENDS. TU Y RÉFLÉCHIRAS ?
BON, ALORS J'ATTENDS TA RÉPONSE.
AU REVOIR, ARCH.
AH, MADAME POWELL !
VOUS AVEZ VU QUELLE SPLENDIDE MATINÉE ?
NOUS DEVONS ENGAGER ARCH PARKER. PAR TOUS LES MOYENS.
IL A PROMIS DE ME DONNER UNE RÉPONSE.
À PARTIR D'AUJOURD'HUI, TOUS LES ÉDITEURS DE LA VILLE VONT LUI TOMBER DESSUS. IL FAUT QU'IL SOIT À NOUS. VOUS LE CONNAISSEZ BIEN. QUE POURRIEZ-VOUS LUI OFFRIR ?
RIEN. JE NE PEUX RIEN LUI OFFRIR.

JUILLET 1944
BONJOUR, MONSIEUR.
ESQUIRE, LIFE, GENTLEMIND...?
JE REGARDE, MERCI.
MAIS QU'EST-CE...
OH !
... CE PARKER DESSINE LES FEMMES COMME S'IL LES AVAIT FAITES.
Esquire
Special:
NOM DE DIEU !
LE COURRIER ! BERT, MOSKY...
AH, MOSKY... COMME LES ÉLOGES ADOUCISSENT LA VIE.
POUR LA RUBRIQUE “COMMENT ÇA MARCHE ?”...
JETTE-LES. JE NE LIRAI PLUS CES CRÉTINS QUI SE PERMETTENT DE NOUS DONNER DES LEÇONS.
VOUS NE SAVEZ PAS Y FAIRE AVEC LE PUBLIC !
VOUS, ON VOUS RESPECTE PARCE QUE PERSONNE NE PENSE ÊTRE CAPABLE DE DESSINER.
MAIS TOUT LE MONDE SE CONSIDÈRE COMME UN INVENTEUR CONTRARIÉ. C'EST INSUPPORTABLE !

ÇA Y EST, NOUS AVONS LA RÉPONSE DE PARKER.
... ET MAINTENANT ?
UNE REVUE N'EST PAS QU'UNE COUVERTURE.
CE SONT LES COUVERTURES QUI FONT VENDRE LES REVUES.
NE ME PIQUEZ PAS MES PHRASES, WYLER.
EN PLUS, PARKER N'EST PAS LE SEUL À SAVOIR DESSINER DES FEMMES. NOTRE MOSKY...
WYLER, S'IL VOUS PLAÎT.
NOUS NE SOMMES PAS UNE REVUE ÉROTIQUE...
... NOUS N'AVONS PAS BESOIN DE FEMMES EN COUVERTURE.
LE COURRIER ! C'EST ENCORE VOUS QUI BATTEZ TOUS LES RECORDS, MADAME POWELL.
SI, NOUS EN AVONS BESOIN ! NOUS AVONS BESOIN DE FEMMES EN COUVERTURE !
CELLES POUR JOHN DOE, JE LES LAISSE AVEC LES AUTRES. AH, CE TYPE SAIT VRAIMENT VOUS TOUCHER ICI DEDANS. SON HISTOIRE M'A FAIT PLEURER.
ET POUR FINIR...
PROVIDENCE, RHODE ISLAND.
C'EST LUI. DIEU MERCI.
UNE AUTRE NOUVELLE. SANS SIGNATURE.
"la Photographie"
TOUJOURS PAS DE NOM, PAS D'ADRESSE... RIEN ! QUEL TYPE D'HOMME RENONCERAIT À DOUZE MILLE DOLLARS ?
J'AIMERAIS BIEN LE SAVOIR.

NOUS N'AVONS PAS DE COUVERTURE, NOUS DÉDAIGNONS LES FEMMES ET NOTRE ÉCRIVAIN VEDETTE **N'EXISTE PAS**... IL NE MANQUE PLUS QUE BERT ET MOSKY CASSENT LEUR PIPE.
VOUS AVEZ LU LA PREMIÈRE NOUVELLE DE JOHN DOE, WALDO ?
OUI. BIEN ÉCRIT. TROP SENTIMENTAL.
CESSEZ DE FAIRE SEMBLANT DE N'AVOIR PAS DE CŒUR. JE VAIS FAIRE UN TOUR. J'AI BESOIN DE RÉFLÉCHIR.
LA CHANCE NOUS A ÉTÉ DE BIEN COURTE DURÉE.
LA CHANCE EST COMME LA DIGNITÉ, WALDO. DIFFICILE À RECONNAÎTRE À PREMIÈRE VUE.
"La Photographie"
L'homme entra dans la pièce baignée de lumière rouge. Les trois bacs habituels l'attendaient. Il prit le bout de papier et l'immergea dans le révélateur, provoquant la réaction chimique attendue.
Tout doucement, elle apparut. Belle, telle qu'elle s'était préservée, vivante, dans son imagination.
Un simple mouvement vers le récipient voisin aurait suffi à fixer l'image.
UNE PHOTO ? EN SOUVENIR DE COMMENT VOUS VOUS AIMEZ.
NON, NON, MERCI.
RADIN !

JOSEPH...
... LAISSE-LES TRANQUILLES.
OK, MAMAN.
EXCUSEZ-MOI. IL Y A QUELQUE TEMPS, VOUS AVEZ PRIS UNE PHOTO DE MON ÉPOUX ET DE MOI. JE SUIS DÉSOLÉE, MAIS J'AI PERDU LE REÇU...
ÇA FAIT COMBIEN DE TEMPS ?
DEUX... PEUT-ÊTRE TROIS ANS.
HMM... VOUS AVEZ PAS MAL ATTENDU
VOYONS SI VOUS LA TROUVEZ LÀ-DEDANS.
MERCI.
COMMENT VONT LES AFFAIRES ?
1942
MAL. JE GAGNE TOUT JUSTE ASSEZ POUR PAYER LE MATÉRIEL ET NOUS NOURRIR.
VOS PHOTOS SONT MAGNIFIQUES.
J'AIMERAIS VOUS FAIRE UNE PROPOSITION DE TRAVAIL. VOUS CONNAISSEZ LA REVUE GENTLEMIND ?
1944
Love + Love
OH...

SI ESQUIRE VEUT DES PIN-UP QU'ILS LES GARDENT. NOUS, NOUS LEUR DONNERONS DE LA **RÉALITÉ**.
Coney Island '43
Brooklyn '42
Manhattan - NYC - 1943
I HATE LOVE!
Lonely Heart
in The Underground -
Staten Island - 1943
1942
10¢
Shoes
VOICI **MAGGIE KENWOOD**. SON TALENT POUR LA PHOTOGRAPHIE EST HORS DU COMMUN.
DANS LE PROCHAIN NUMÉRO, MAGGIE RÉALISERA UN REPORTAGE EN IMAGES SUR NEW YORK. ET ELLE CRÉERA LA COUVERTURE AVEC **BERT** ET **MOSKY**.
Welcome Maggie Kenwood
QUI D'ENTRE VOUS EST JOHN DOE ? IL NE COMPTE PAS RANGER SON COURRIER UN JOUR ? JE NE PEUX PAS TRAVAILLER ! ALLEZ, QUI C'EST ?
C'EST LA QUESTION À UN MILLION, ELSIE... **QUI EST JOHN DOE ?**
OUI ! ET POURQUOI NE VEUT-IL PAS DE SES DOUZE MILLE DOLLARS ?
LES PARIS SONT OUVERTS. TOM DIT QUE C'EST **LA MÈRE DE MOSKY**.
MA MÈRE N'ÉCRIT QUE DES POÈMES.
HA! HA! HA!
QUI N'AIME PAS **LES ÉNIGMES** ?
OUI. QUI N'AIME PAS ÇA ?
?

Second Special Issue
August, 1944
Gentlemind
QUI EST L'ÉCRIVAIN MYSTÉRIEUX
?
APPEL À LA NATION!
NEWS!
MAGGIE KENWOOD NYC PHOTOGRAPHER
et
LA NOUVELLE de JOHN DOE "la Photographie"
NEWS!
10¢
488 Madison avenue - New york city 22 - N.Y.

LE COURRIER !
ALFRED, NOTE. CINQ DOLLARS QUE C'EST FRANK SINATRA.
HA, HA, HA... TU ES FOU !
MOI, JE NE RENONCERAIS PAS AUX DOUZE MILLE DOLLARS !
SÛREMENT PAS. C'EST BERT.
C'EST UNE FEMME.
GENTLEMIND, J'ÉCOUTE...
AUSSI, BIEN QU'IL ÉCRIVE, JE NE PENSE PAS QUE VOTRE CHIEN SOIT JOHN DOE...
JE NOTE VOTRE SUGGESTION...
NON, NOUS NE POUVONS PAS VOUS ENVOYER L'ARGENT SANS UNE PREUVE, DÉSOLÉE.
L'AMÉRIQUE SE DEMANDE : QUI EST JOHN DOE, L'ÉCRIVAIN FANTÔME ? AIDEZ-NOUS À LE DÉCOUVRIR !
ÉCRIVEZ À LA REVUE GENTLEMIND, BOÎTE POSTALE...
CE N'EST PAS UN ÉCRIVAIN CONNU. C'EST UN HOMME ORDINAIRE.
IL DOIT BIEN SE TROUVER QUELQUE PART.
À PROVIDENCE, RHODE ISLAND!
C'EST HEMINGWAY. JE RECONNAIS SON STYLE.
IL N'EST PAS DE LÀ-BAS, IDIOT. IL FAIT ÇA POUR BROUILLER LES PISTES.
VOUS AVEZ DES PROJETS, MADAME POWELL ?
ME PROMENER. J'AIME LES SONS DE CETTE SOIRÉE. ET VOUS ?
UN DIVAN, UN LIVRE...
ET PERSONNE POUR LE PARTAGER ?
OH, NE COMMENCEZ PAS.
BEAU ET INTELLIGENT... MAIS TOUJOURS SEUL.
IL Y EN A D'AUTRES.

SI C'EST DE MOI QUE VOUS VOULEZ PARLER, RECONNAISSEZ QUE CE N'EST PAS FACILE. JE DIRIGE UNE REVUE MASCULINE ET TOUT LE PAYS M'A VUE NUE. JE NE SUIS MÊME PLUS RICHE. **QUI POURRAIT M'AIMER**, TOUT SIMPLEMENT ? SE SOUCIER DE MON SOMMEIL ? SE DEMANDER SI JE SUIS HEUREUSE OU NON ?
BAH, TOUT ÇA, C'EST DE LA PUBLICITÉ.
MOI, JE POURRAIS, MADAME POWELL.
IL FAUT BIEN QUE QUELQU'UN ÉCRIVE CES HISTOIRES. JE VEUX SEULEMENT SAVOIR QUI.
MAIS LA TABLE DE PARKER EST INCHANGÉE ET MOI, JE NE SUPPORTE PAS DE SOUFFRIR.
CETTE PETITE CONFIDENCE NE CHANGERA RIEN ENTRE NOUS, N'EST-CE PAS, MADAME POWELL?
N'EST-CE PAS ?

Gentlemind
WHO ARE YOU?
MAGGIE KENWOODS EYES: DARK SIDE of NYC
INVENTIONS MECHANICS GAMES SPORTS ARTS
John Doe Short Fiction
NOUS APPELONS À NOUVEAU LES CITOYENS À POURSUIVRE LEUR COLLABORATION À NOTRE RECHERCHE !!!
1944
GENTLEMIND
Parker
theatre
BAR
Gentlemind
JOHN DOE SHORT FICTION: WORDS of NO IMPORTANCE
INVENTIONS MECHANICS GAMES SPORTS ARTS
The QUEST For JOHN DOE: 100 TOP NAMES!
Mosky
KENWOOD'S EYE: "YOUNG AMERICAN STREET ARTISTS"
1945
VAT 69

XMAS
Gentlemind
INVENTIONS MECHANICS
WHERE ARE YOU
KENWOOD'S EYE: The CHRISTMAS you DON'T KNOW
GAMES SPORTS ARTS
Esquire
PARKER
ENJOY
THEATRE
POWELL Folies
PARKER
Gentlemind
KENWOOD'S EYE IN TIME SQUARE
JOHN DOE Short Fiction: MAY SNOW
INVENTIONS MECHANICS GAMES SPORTS ARTS
VICTORY!

PAIX

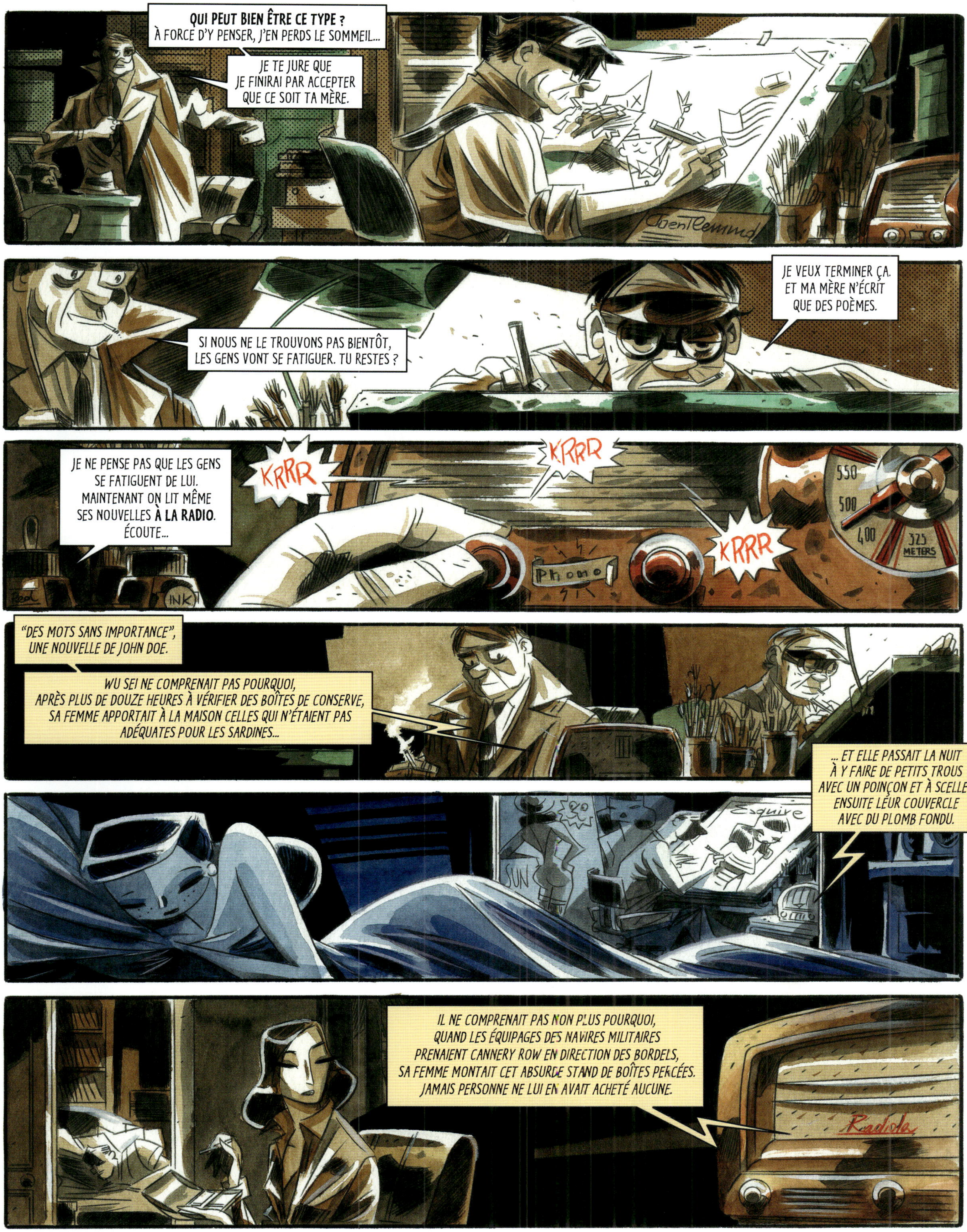
QUI PEUT BIEN ÊTRE CE TYPE ? À FORCE D'Y PENSER, J'EN PERDS LE SOMMEIL...
JE TE JURE QUE JE FINIRAI PAR ACCEPTER QUE CE SOIT TA MÈRE.
SI NOUS NE LE TROUVONS PAS BIENTÔT, LES GENS VONT SE FATIGUER. TU RESTES ?
JE VEUX TERMINER ÇA. ET MA MÈRE N'ÉCRIT QUE DES POÈMES.
JE NE PENSE PAS QUE LES GENS SE FATIGUENT DE LUI. MAINTENANT ON LIT MÊME SES NOUVELLES À LA RADIO. ÉCOUTE...
KRRR
KRRR
KRRR
Phono
550
500
400
325 METERS
INK
"DES MOTS SANS IMPORTANCE", UNE NOUVELLE DE JOHN DOE.
WU SEI NE COMPRENAIT PAS POURQUOI, APRÈS PLUS DE DOUZE HEURES À VÉRIFIER DES BOÎTES DE CONSERVE, SA FEMME APPORTAIT À LA MAISON CELLES QUI N'ÉTAIENT PAS ADÉQUATES POUR LES SARDINES...
... ET ELLE PASSAIT LA NUIT À Y FAIRE DE PETITS TROUS AVEC UN POINÇON ET À SCELLER ENSUITE LEUR COUVERCLE AVEC DU PLOMB FONDU.
Esquire
SUN
IL NE COMPRENAIT PAS NON PLUS POURQUOI, QUAND LES ÉQUIPAGES DES NAVIRES MILITAIRES PRENAIENT CANNERY ROW EN DIRECTION DES BORDELS, SA FEMME MONTAIT CET ABSURDE STAND DE BOÎTES PERCÉES. JAMAIS PERSONNE NE LUI EN AVAIT ACHETÉ AUCUNE.
Radiola

UNE NUIT, ALORS QU'ELLE PERÇAIT SES BOÎTES DÉFECTUEUSES, WU SEI S'APPROCHA ET EN PRIT UNE.
À QUOI SERVENT-ELLES ? DEMANDA-T-IL.
Esquire
SA FEMME LE REGARDA COMME SI WU SEI S'APPRÊTAIT À FAIRE QUELQUE CHOSE QU'ELLE AVAIT ATTENDU TRÈS LONGTEMPS.
MAIS WU SEI NE FIT QUE REPOSER LA BOÎTE SUR LA TABLE.
APRÈS CELA, SA FEMME N'APPORTA PLUS DE BOÎTES À LA MAISON. ELLE UTILISA LE POINÇON POUR FAIRE DES BOUTONS ET LE PLOMB POUR RÉPARER DES MARMITES. ET UN JOUR D'AUTOMNE, ELLE MOURUT.
OÙ SONT PASSÉES LES ALLUMETTES ?
WU SEI TROUVA LES BOÎTES QUAND IL RÉUNIT LES VÊTEMENTS DE SON ÉPOUSE. ELLES ÉTAIENT À CÔTÉ D'ALLUMETTES ET DE BOUTS DE COTON. ELLES SENTAIENT L'HUILE RANCE. IL SE DIT QU'IL VALAIT MIEUX LES JETER AVEC LE RESTE. POURTANT, IL ALLA CHERCHER UN OUVRE-BOÎTE.
LE LIEUTENANT ALTMAN, PRISONNIER À LUZON, ESSAYAIT D'OUVRIR AVEC UNE PINCE LA BOÎTE DE SARDINES QU'UN CHINOIS LUI AVAIT OFFERTE À MONTERREY ET QU'IL ÉTAIT ARRIVÉ À CACHER AUX JAPONAIS. LES HOMMES DU BARAQUEMENT L'OBSERVAIENT AVEC IMPATIENCE. “IL NE PEUT PAS NE RIEN Y AVOIR, DIT LE SOLDAT NAVAJO. ELLE EST PLEINE DE TROUS”.
ALTMAN TORDIT LA PINCE ET LA BOÎTE S'OUVRIT. QUELQUE CHOSE CLAQUA À L'INTÉRIEUR. UNE ÉTINCELLE BLEUE JAILLIT ET ALLUMA UN BOUT DE COTON, CE QUI PRODUISIT UNE FLAMME.
PENDANT UN INSTANT, SI BREF QUE LES HOMMES CRURENT PAR LA SUITE QUE RIEN NE S'ÉTAIT PASSÉ, DIX MILLIONS D'ÉTOILES INCENDIÈRENT LE BARAQUEMENT, DÉTRUISANT LES MURS ET ENCORE PLUS LOIN, LES BARBELÉS.
CE N'EST PAS **TROP SENTIMENTAL**. AIMES-TU CE GENRE DE FIN ?

Mr. Waldo Trifo
NYC
Des mots sans Importance
Club 28
MANHATTAN

Les carnets
d'Arch Parker

Girls

G
G
Parker

Esquire
1952 CALENDAR 50c
by
PARKER*

PARKER*

PARKER*

PARKER

PARKER

PARKER

PARKER

PARKER

PARKER

YOUR 1951
Esquire
CALENDAR
August
Esquire
tempt-Titian
Juli
For Your Around the Calendar Fun
For the Modern Men!
November
FULL SIZE OF EACH OF THE 12 Esquire CALENDAR GIRLS!
PARKER

Esquire
1943
WAR

Esquire
PARKER GIRLS!
COU COU PARK!
Gentlemind
PARKER GIRLS
Esquire
ARCH PARKER
(Gentlemind - Esquire)

Esquire

OOH ARCH...
ARCH...
Esquire '46
PARKER

SUITE ET FIN EN 2021.

Cet album a fait l'objet d'une édition à tirage limité à 900 exemplaires dont 50 hors commerce, signés et numérotés, comportant une illustration originale inédite.

PREMIÈRE ÉDITION

Édition classique : dépôt légal août 2020 • ISBN 978-2205-07637-0
Édition à tirage limité : dépôt légal août 2020 • ISBN 978-2205-08815-1
Imprimé et relié en juillet 2020 par PPO Graphic – 10, rue de la Croix-Martre, 91120 Palaiseau, France
www.dargaud.com